로봇 중독

로봇 중독

김소연 · 임어진 · 정명섭 소설집

별숲

로봇과 함께 살아갈 미래

컴퓨터와 스마트폰이 없는 세상으로 다시 돌아갈 수 있을까? 아마도 쉽지 않을 것이다. 일부러 멀리하거나 어떤 이유로 사용할 수 없더라도 이미 너무나 익숙해진 이 만능 도구들을 우리 삶에서 부정하기는 어렵다.

로봇이 없는 세상도 상상하기 힘들어질까? 미래의 어느 때쯤엔 분명 그렇다고 고개를 끄덕일 것이다.

물론 로봇 공학자 모라벡이 '역설'이라고 말한 대로, 로봇들은 인간이 어려워하는 부분들에서는 이미 압도적으로 앞지르고 있는가 하면, 사람들에게는 아주 쉬운 걸 여전히 어려워하고 있다. 아이들이 수많은 연습으로 하나하나 배워 나가듯이 인간처럼 모든 걸 해내려면 엄청난 노력이 필요할 것이다. 인간형 로봇은 아직 움직임이 어색하고, 할 수 있는 일도 지극히 제한되어 있다. 말벗이나 가사, 의료 일부를 기대할 수 있을 뿐이다.

하지만 곧 머지않아 우리 생활의 많은 부분을 로봇에게 의지하는 때가 올 것이다. 일상에서뿐만 아니라 우주개발, 해저개발, 전쟁, 재해, 산업, 사회 전반에 걸쳐 로봇의 역할과 중요성이 점점 커지고 있다.

애초에 로봇은 인간이 해야 하는 힘든 노동을 대신하게 하려고 만든 존재였다고 한다. 어원부터가 강제 노동을 뜻하는 체코어 로보타 (robota)였단다. 로봇을 작품 속에 처음 등장시킨 체코 작가 카렐 차페크는 1920년 희곡 《로섬의 만능 로봇》에서 창조주의 뜻을 거슬러 인간을 몰아내고 만든 로봇들만의 세상을 그려냈다. 이후 수많은 작품들이 이와 같은 생각으로 로봇을 그렸다. 사람들은 로봇이 발전해 인간과 비슷해지고 어떤 점에선 더 낫기를 바라는 만큼이나, 어느 순간 관계가 역전돼 도리어 종속될지 모른다는 두려움을 마음 깊이 품고 있는 것 같다.

이러한 생각은 컴퓨터가 세상에 나올 때부터 프로그램을 처음 만들었던 이들도 갖고 있었다. 컴퓨터 과학자이자 구글의 기술 이사인 레이 커즈와일은 2005년에 저서 《특이점이 온다》에서 이를 '특이점' (singularity)이라는 개념으로 정리했다. 2045년이면 인공지능이 인간의 한계를 뛰어넘는 특이점이 나타난다는 거다. 인공지능은 이때면 모든 인간의 지능을 합친 것보다 더 강력할 거라고 한다.

이런 인공지능을 장착한 로봇이라면, 영화 〈2001 스페이스 오디세이〉의 컴퓨터 '할(HAL) 9000'이나 〈터미네이터〉의 'T'들 만큼이나 공포감을 불러일으키는 것도 사실이다. 〈매트릭스〉에서처럼 인간이 건전지 신세로 떨어지거나, 〈엑스 마키나〉에서처럼 감정을 가진 로봇과의 지능 게임에서 인간이 질 수도 있다.

대표적인 SF 작가 아이작 아시모프는 이를 우려해 1941년 일찌감치 로봇 3원칙을 작품 속에서 제시하고 로봇은 인간을 해칠 수 없도록 규정해 놓기도 했다.

그런데 로봇이 꼭 이런 존재일 뿐일까? 인간에게 지배당하거나 인간을 지배하려 들거나. 여기서 이제 자유롭게 나아가 한결 다양한 수많은 로봇들을 생각해 볼 수도 있지 않을까?

사람들은 왜 로봇을 단순한 기계 덩어리에 머물게 두지 않고 인간과 닮은 모습으로 만들려 애써 왔을까? 《프랑켄슈타인》이나 《피노키오》와 같은 문학작품들에서 인조인간이나 인간을 닮은 자동 기계에 그토록 관심을 가졌던 건 무엇 때문일까? 아마도 사람들은 로봇에게서 기계 이상의 무엇을 기대했던 것 같다. 그것은 어쩌면 '관계'나 '소통' 또는 '교감'이 아니었을까?

마음을 나눌 존재가 있다는 것만큼이나 인간에게 충만감과 행복감을 주는 일도 많지 않다. 사람들이 로봇에게 인간과 아주 닮기를 바란 데에는 그런 갈망과 간구가 담겨 있는 것 같다.

앞으로 누군가에게 로봇은 가족 이상으로 중요한 존재가 될 수 있다. 아니, 그대로 가족이거나 친구일 수 있다. 사람 사이에서보다 훨씬 더 크고 깊은 교감을 얻는 일이 그리 낯설지 않을 거다. 우리는 이 새 친구들과 어울려 살아갈 준비가 된 것일까? 그 미래는 멀리 있지 않다. 바로 가까이에서 우리에게 지금 다가오고 있다.

임어진 씀

차례

특이점을 지나서

김소연

내 이름은 오지영, 열일곱 살이다. 내 이름이 그렇듯 내 삶 역시 그저 그렇게 평범했다. 적어도 열다섯, 중학교 3학년 때까지는 말이다. 이니를 알게 된 그날 이후, 내 밋밋한 일상에 가느다란 금이 가기 시작했다. 나도 모르는 사이에 말이다. 지금부터 내가 하려는 이야기는 로봇과 사람 사이에 생긴 작은 흔적에 대한 경험담이다.

이니가 우리 학교로 온 것은 3학년 새 학기 첫날이었다. 그 해는 21세기의 딱 절반, 2050년이었다. 어느 고대 그리스 철학자가 한 이야기가 있다.

"노예 없는 삶이라고요? 그럼 우리는 어떻게 먹고 입고 잘 수 있단 말이죠? 노예의 도움 없이 일상생활을 어떻게 유지하냐고요."

이천오백 년이 지난 지금, 사람들은 똑같은 생각을 한다.

"로봇 없는 삶이라고? 그럼 우리는 어떻게 먹고 입고 잘 수 있단 말이지? 로봇의 도움 없이 일상생활을 어떻게 유지하냐고."

금세기 초부터 가속도가 붙기 시작한 인공지능 로봇 개발은 2030년대에 절정에 이르렀다. 모든 산업 현장과 일상 공간에서 로봇은 인간의 노동을 대신하기 시작했다. 그리고 불과 채 20년도 걸리지 않아 이제 인간은 로봇 없는 생활은 도대체 어떻게 가능한지 상상조차 못하는 세상이 되어 버렸다.

대신 인류에겐 새로운 과제가 주어졌다.

'로봇이 아닌 사람만이 할 수 있는 일은 무엇이 있을까?'

어처구니없는 사실은 이 화두에 대한 답을 겨우 열다섯 살밖에 안 된 중학교 3학년 때에 내놓아야 된다는 점이다. 그리고 그 예민한 1년의 첫날, 이니가 우리 반으로 오게 된 것이다.

방학이 끝나고 첫 등교일이지만 우리는 서로가 하나도 반갑지 않았다. 창의 교육 방학 특강 학원에서 지겹도록 마주쳤기 때문이다.

아침 조회 시간, 새 담임선생님 두 분의 소개가 있었다. 한 분은 진로 상담과 교내 생활지도 담당인 인간 선생님이고, 한 분은(분이라고 표현하기엔 좀 애매한) 교과 수업 담당과 학생부 기록 담당인 로봇 선생님이었다. 로봇 선생님은 우리 각자가 한 사람씩 앉아 있는 책상 가운데에 설치된 개인용 태블릿에 내장되어 있었다.

"자, 사랑하는 우리 반 친구들! 나야 여러분과 같은 사람이니까 정상참작 등의 설득도 가능하지만 교과 담당은 짤 없는 거 잘 알고 있겠지?"

담임선생님은 능글맞은 웃음으로 인사를 마쳤다. 아이들은 일제히 우, 하는 소 울음소리를 냈다. 그때, 교실 앞문이 스르륵 열렸다. 자동문으로 들어오는 사람은 교장 선생님이었다. 반 아이들은 교장 선생님의 난데없는 출현에 살짝 술렁였다. 하지만 우리를 정말 놀라게 한 건 교장 선생님이 데리고 들어온 아이였다.

"에-, 여기는 우리 학교에 배치된 인공지능 로봇, 그러니까 안드로이드 학생입니다. 여러분과 일 년 동안 같이 공부하고 생활하며 고입 시험을 대비하게 되었습니다."

다시 한 번 교실이 들썩였다. 아이들은 앞뒤로 쳐다보며 웅성거렸다.

"뭐? 로봇이 고입 시험을 본다고?"

"야, 이거 원래 있던 얘기냐?"

"난 못 들었는데."

나 역시 금시초문이었다. 로봇과 같이 시험을 친다고? 왜? 이해할 수 없는 상황이었다. 그러니까 로봇은 급식 조리실과 기계 설비실, 교문 경비실과 보건실에 있는 기계다. 학생들을 위해 음식을 만들고 건물을 수리하며 학교를 지키고 약을 조제하는 일, 그것이 학교 로봇이 해야 하고 할 수 있는 일의 전부였다. 학생들의 학업 성적 관리와 수업 참여를 기록하는 프로그램은 각 반마다 설치되어 있다. 방금 말한 수업 담당 담임선생님 말이다. 하지만 우리와 같은 공간에서 같은 공부를 하는 로봇 학생이라니, 말도 안 되는 소리였다. 도대체 무엇 때문에? 누굴 위해서? 아이들은 교장 선생님 곁에 서 있는 물체를 뚫어져라 쳐다보았다.

"다소 갑작스러운 면이 없지 않으나 3학년 2반은 우수하고 모범 적인 학생들만 모인 반이라 특별히 이 실험에 참여하게 된 것입니 다. 여러분, 스스로에게 자부심을 가지세요."

자부심? 무슨 말 같지도 않은 억지인지, 교실 여기저기서 비웃 는 소리가 픽픽 터져 나왔다. 우리 반에 전교 1등부터 5등 사이를 오르락내리락하는 우등생이 모여 있는 건 사실이다. 그런데 우등 생이면 다 모범생인 걸까? 그건 잘 모르겠다. 분명히 아는 건 학교 의 명예를 드높여 줄 상위 5프로의 아이들을 한 반에 몰아넣어 경 쟁심을 부추기고 관리를 효율적으로 하자는 학교의 속셈이다. 그 들을 뺀 나머지는 들러리일 뿐이다.

교장 선생님과 담임선생님은 아이들의 반응에 적잖이 당황하는 눈치였다. 그러는 사이 로봇이 앞으로 나서며 입을 열었다.

"안녕하세요. 저는 이니티움 305, 여러분과 함께 공부할 로봇입 니다. 잘 부탁드립니다."

로봇은 짤막하지만 단정한 인사말을 던지고 똑바로 서서 교실 안을 천천히 둘러보았다.

나는 로봇이 내는 목소리에 묘한 반감이 일었다. 그건 사람 목소 리와 전혀 다르지 않지만 어딘지 모르게 사람답지 않은 어색함이 서려 있었다. 고개를 가볍게 돌리며 반 아이들 한 사람 한 사람과 눈을 맞추고 부드러운 웃음을 짓는 모습 역시 너무나 자연스러웠다. 그 자연스러움이 불쾌했다. 이래서 안드로이드는 기분 나쁘다. 학교에서 궂은일을 도맡아 하는 로봇들은 한눈에 봐도 로봇 티가 나는 투박한 기계들이다. 빅 데이터를 탑재한 인공지능이 내장되었든 힘이 불도저보다 세든 상관없는 철 덩어리다. 그것에 대해 생각하고 고민할 이유가 없는 도구일 뿐이다. 도구로 쓰이는 로봇은 그에 걸맞은 겉모양을 갖추고 있어야 한다. 그래야 사람들이 마음 편하게 사용할 수 있는 거다. 그런데 이니티움이라고 자신을 소개한 로봇은 우리와 똑같이 생긴 아이였다. 솜털까지 보송보송한 살갗, 부드러운 윤기를 지닌 검은 머리카락과 눈썹, 수줍은 듯 꼭 다무는 입 매무새까지 그냥 사람이었다. 그 아래로 차가운 철근과 값비싼 실리콘 재질의 전기선이 얽혀 있는 기계가 도사리고 있을 거라고는 전혀 상상이 되지 않았다. 마르지도 뚱뚱하지도 않은 적당한 체격과 170센티가 될락 말락 한 키까지, 이니티움은 한국 보통 중학교 3학년생의 외모 조건을 충실히 따르는 표준 사이즈였다.

교장 선생님이 말을 이었다.

"에ㅡ, 그러니까 여러분도 보다시피 이니티움은 실제 사람과 구별이 어려울 정도로 정교하게 만들어진 안드로이드예요. 정부와 산업 협약을 맺은 기업에서 특별히 제작한 실험용 로봇이죠. 교육청에서는 이니티움이 로봇이라는 사실을 숨기고 배치해 달라는 요청을 했습니다만, 몇 차례에 걸친 교무 회의와 학부모 대표 간담회에서 결정을 내렸습니다. 우리 귀중한 학생들을 속이는 일은 할 수 없다고 말이죠. 그래서……."

나는 교장 선생님의 한껏 점잔 빼는 연설에 귀 기울이지 않았다. 대신 무표정하게 서 있는 로봇을 뜯어보느라 정신이 없었다. 반 아이들은 교장 선생님과 담임선생님의 얼굴을 번갈아 쳐다보며 눈만 멀뚱거릴 뿐이었다. 당연한 반응이었다. 내가 아는 한 우리 반에서 인간과 구별이 어려울 만큼 고급 사양을 지닌 안드로이드를 본 아이는 한 명도 없기 때문이다. 인간의 작업장을 밀고 들어와 자리를 차지한 인공지능 로봇이라야 겨우 마트 계산원, 택시 운전기사, 도서관 사서, 체육 센터의 운동 강사 정도였다. 그런 기계들은 우리 학교에서 일하는 로봇들만큼이나 투박한 기계들이었고, 사람 외양을 흉내 낸다 한들 그야말로 로봇다운 딱딱한 외모를 지녔을 뿐이었다. 3학년 2반은 마른하늘에 날벼락처럼 찾아온 안드로이드를 어떻게 받아들여야 할지 몰라 혼란에 빠져들었다.

그때였다. 뒤쪽에서 우렁차고 단단한 목소리가 튀어나왔다.

"질문 있습니다. 이니티움이 무슨 뜻입니까?"

돌아볼 필요도 없었다. 나의 태양, 나의 희망, 나의 왕자님 진용이다.

진용은 우리 반 반장이자 3학년 학생 대표다. 3학년 학생 대표니까 전교 회장이다. 진용은 1학년, 아니 초등학교 시절부터 우등생이자 모범생이었다. 큰 키에 어른스러운 품성, 명민한 두뇌와 그 모든 것을 빛나게 해 주는 자상함까지 두루 갖춘 에이스다. 내가 진용의 여자 친구가 되기 위해 초등학교 4학년 때부터 들인 땀과 눈물에 대해서는 길게 얘기하고 싶지 않다. 비록 아무도 모르는 비밀 여친이지만 나는 자다가도 내가 진용의 여자 친구라는 생각만 하면 벌떡 일어나 실실 웃곤 했다. 그만큼 진용은 멋진 아이였다.

진용의 질문에 교장 선생님이 담임선생님을 곁눈질했다. 그때까지 꿀 먹은 벙어리처럼 가만히 서 있던 담임선생님이 얼른 입을 열었다.

"이, 이니티움이란……."

담임선생님이 더듬거리는데 로봇이 선생님의 말머리를 가로챘다.

"이니티움, 라틴어 철자로 I, n, i, t, i, u, m, 즉 '시작'이라는 뜻입니다. 딥 러닝은 하지 않은 상태로 인간과 똑같은 조건에서 학습하고 그 결과를 측정하는 첫 실험 로봇이 바로 저 이니티움 305입니다. 그런데 여러분, 저를 그냥 이니라고 불러 주면 어떨까요? 저는 여러분과 똑같은 명신 중학교 3학년 2반 학생입니다."

나는 딥 러닝을 하지 않았다는 말에 살짝 놀랐다. 빅 데이터가 제공되지 않은 채 활동을 시작한 안드로이드는 그야말로 생활 환경과 학습 내용에 따라 천차만별의 결과치를 보인다고 알고 있었기 때문이다. 나는 얼른 주위를 두리번거렸다. 하지만 나처럼 동요를 보이는 애들은 없었다. 단 한 사람, 진용만 빼고 말이다.

진용이 일어서서 대답했다.

"사실은 어젯밤, 학교 운영 위원회 회장이신 엄마에게 네 얘길 들었어. 로봇이 빅 데이터 탑재 없이 우리와 똑같은 조건에서 중등 과정을 거치면 어떤 시험 성적을 낼 수 있는지 실험하는 거라고. 그리고 너의 뛰어난 인지 기능을 감안해서 바로 3학년으로 배치시키는 거라고."

그 대답에 반 아이들의 휘둥그레진 눈이 진용에게로 모였다. 진용은 그런 다수의 시선에는 이미 익숙한 듯 흔들림 없는 표정으로 교탁 앞으로 걸어 나갔다. 그리고 이니에게 오른손을 내밀어 악수를 청했다.

"반갑다. 그리고 환영한다, 이니. 우리 일 년 동안 잘 지내 보자."

"그래, 나도 반갑습니다. 환영해 주어 고마워요."

이니는 진용의 손을 맞잡았다. 얼굴에는 부드럽고 자신감 넘치는 미소를 장착한 채로 말이다. 진용과 이니가 힘찬 악수를 나누자 기다렸다는 듯 교실 안에 박수 소리가 터져 나왔다. 진용이 받아들이는 친구는 당연히 이 반 누구라도 받아들여야 하는 거다. 그제야 교장 선생님과 담임선생님의 긴장된 표정이 풀어졌다.

"인간과 로봇의 우정 어린 대결이라……. 정말 기대가 되는군요. 세간의 이목이 모두 이 3학년 2반에 쏠려 있으니 다들 분발해 주세요."

교장 선생님은 번드르르한 격려사를 남기고 교실을 나갔다. 담임선생님은 이니에게 자리를 정해 주고 태블릿 사용법을 가르쳐 주었다.

"원래는 제 안에 모든 수업 시스템이 저장되어 있어 필요 없지만, 인간 학생과 똑같이 학습해야 하니 사용하도록 하겠습니다."

이니의 말에 진용을 비롯한 아이들의 얼굴에 싸한 냉기가 흘렀다. 아무래도 이니라는 로봇은 언행 학습부터 시급해 보였다.

이렇게 해서 이니의 전학 절차가 마무리되었다. 나는 단 몇 마디의 말로 상황을 깔끔히 정리하는 진용을 존경이 담뿍 담긴 눈으로 건너다봤다. 진용은 자기 자리로 들어가며 나와 눈을 마주쳤으나 모른 척 고개를 돌려 버렸다. 나는 순간 풀이 죽어 머리를 숙였다. 내가 진용의 여자 친구가 되고 매일같이 겪는 일이지만 절대 익숙해질 수 없는 한 가지가 바로 이거다. 모두 앞에서 무시당하기. 하지만 하는 수 없다. 진용이 나의 고백을 받아 주며 내건 조건은 단 하나, 비밀 연애였으니까. 나는 입술을 잠깐 깨무는 것으로 서운함을 눌러 버렸다.

아무도 이니 곁에 가지 않았다. 학기가 시작되고 두 달이 다 되어 가도록 이니에게 말을 거는 아이는 없었다. 다들 그저 이니를 힐끔거리며 속닥거리거나 자리 옆을 지나치며 슬쩍 곁눈질로 이니의 태블릿을 보는 게 다였다.

이니는 교실 맨 뒤 구석 자리에 앉아 숨소리도 내지 않고(로봇이니 당연한 일이지만) 수업만 들었다. 쉬는 시간에 잠깐씩 복도로 나가 이리저리 두리번거리며 걷기도 했지만 그게 다였다. 화장실을 가거나 식수대에서 물을 마시거나(이것도 로봇이니 당연한 일이지만) 아이들과 떠들며 교실에서 쿵쾅거리는 법도 없었다. 이니는 교실에 있는 것도 없는 것도 아닌 어정쩡한 존재였다.

아이들은 이니라는 존재의 이물감에 불편해했지만 그것도 두 달이 넘어가자 흐지부지해졌다. 이제 누구도 이니에게 관심을 갖지 않았다. 교실 뒤편 구석에 서 있는 대걸레나 벽에 붙은 공익광고 포스터처럼 무심한 구성물일 뿐이었다. 교과 선생님들도 이니에게만은 질문을 하거나 발표를 시키지 않았다. 그러고 보면 이니는 교장 선생님 외에는 그 누구에게도 환영받는 존재가 아닌 모양이었다. 다만 진용이 반장이라서 교실 내 규칙이라든가 청소 당번, 명찰 다는 법 등을 가르쳐 주는 게 다였다. 이니는 진용이 친절하게 설명해 줄 때마다 귀를 기울이며 고개를 끄덕이곤 했다. 하지만 표정에는 아무런 변화가 없었다.

진용이 청소 당번 날짜에 대한 설명을 마치자 이니가 고개를 숙이며 말했다.

"고맙습니다, 반장님."

"어이, 이니. 같은 반 친구끼리 누가 존댓말 쓰냐. 너 그렇게 로봇티 내면 실망이다."

그 말에 이니가 고개를 양쪽으로 한 번씩 갸웃거리더니 눈을 한 번 떴다 감았다. 그사이 눈에서 묘한 광채가 잠깐 흘렀다.

"아, 그래. 미안해, 진용아. 내가 아직 서툴러."

이니가 진용의 어깨에 오른손을 얹으려고 팔을 뻗었다. 순간 진용 얼굴에 어색하고 일그러진 표정이 떠올랐다. 그건 나만이 읽을 수 있는 표정이다. 아주 불편하고 불쾌한 것을 억지로 참는 순간.

진용이 슬쩍 몸을 뒤로 뺐다.

"됐어. 학교생활에 대해서는 데이터가 아무것도 없다니 어쩔 수 없지."

진용은 얼른 친절한 미소를 지으며 이니의 어깨에 왼손을 얹었다.

"하나씩 차근차근 배워 나가면 될 거야. 사람도 다 그래. 태어나면서부터 아는 건 아무것도 없어."

나는 진용이 이니에게 친절하게 굴 때마다 가슴이 조마조마했다. 중간고사가 다가오고 있었기 때문이다. 3학년 첫 시험 1학기 중간고사! 다들 이렇게 말한다. 중학교 3학년 첫 중간고사 성적이 고등학교 3년 성적이라고.

한국의 출생률은 이미 바닥을 친 지 오래다. 고등학교에 진학하는 것은 전혀 어려운 일이 아니다. 학생 수는 모자라고 학교는 넘치니까. 많은 수의 학교들이 폐교되거나 합교되었다. 이건 대학도 마찬가지다. 대학교 입시는 적성 테스트에 가깝다. 물론 최상위권

대학은 경쟁률이 나온다. 하지만 그건 극소수의 천재들에게만 해당하는 얘기다. 그들만의 리그라고나 할까? 나처럼 평범하기 그지없는 학생들은 이미 중학교 1학년 때 진로 적성검사를 끝내고 어느 고등학교로 갈지, 혹은 대학에 진학을 할지 말지가 다 결정된다. 물론 중학교 1학년들에게 그렇게 말하진 않는다. 학교에서는 중학교 3년을 진로 탐색 기간이라고 귀에 못이 박히도록 말한다. 진로 적성검사도 매년 새롭게 실시한다. 그래 봤자다. 1학년 때 나온 결과가 3년 내에 변하는 경우는 거의 드물다.

나는 정부 기관이나 대기업의 안내 데스크 직원으로 취직할 수 있는 전문 고등학교로 갈 예정이다. 물론 중학교 3년 과정을 성실히 이행하고 큰 문제를 일으키지 않는다는 조건에서 말이다. 나처럼 평범한 학생들은 중간고사나 내신, 기말고사에 크게 스트레스 받지 않는다. 인공지능 프로그램이 제공하는 인지 학습 능력 테스트에서 나온 예상 점수 정도로 성적을 유지하기만 하면 된다. 하지만 진용 같은 우등생들은 이야기가 다르다. 나라를 이끌어 갈 초인재 그룹에 속하려면 치열한 경쟁을 뚫고 국립 정치대학에 입학해야 한다. 그러려면 우선 고등학교부터 잘 가야 한다.

국립대학 준비반을 운영하는 고등학교는 국내에 단 세 곳! 지금 진용이 도전하고 있는 학교는 그중에서도 으뜸을 달리는 사립학교다. 그만큼 진용은 엄청난 압박감에 시달리고 있다. 그런데 우리 가여운 진용에게 귀찮은 방해물이 나타난 거다. 바로 이니라는 로봇이다. 로봇의 인간화 실험이 왜 하필이면 우리 학교, 우리 반에서 이루어져야 하는지는 잘 모르겠다.

진용이 공부에 몰입할 환경이 좀처럼 만들어지지 않았다. 나는 진용의 신경이 곤두설 대로 선 걸 알고 있었다. 그런 기분 파악 정도는 여자 친구라면 당연히 알게 되는 일이다. 나는 진용의 눈치를 보느라 전전긍긍했다.

우리 사정이 그러거나 말거나 이니의 학교생활은 일주일이 멀다 하고 뉴스니 기획 취재니 하며 매스컴에서 다루어졌다. 중간고사 즈음해서는 어처구니없게도 이니의 팬클럽 여학생들이 교문에서 진을 치고 이니의 하교만 기다리는 일이 벌어지기도 했다. 이니 때문에 어수선한 학교 분위기가 나는 정말 불안했다.

중간고사를 하루 앞둔 화요일 오후, 진용은 교문을 나서며 앞서 가던 이니를 불러 세웠다.

"어이, 친구! 준비는 다 했어?"

나는 여느 때처럼 열 발자국 뒤에서 진용을 따라가고 있었다. 진용과 이니가 이야기 나누는 소리가 또렷이 들렸다.

"문제집 두 권 풀었고 전 과목 복습 한 번 했어."

이니는 대답하며 멈추었던 발을 움직였다.

진용이 이니의 등에 대고 다시 말을 걸었다.

"어젯밤에 공부한 게 그거란 말이지?"

"아니, 어젯밤에는 수학과 과학 다 해서 기출문제지 열다섯 쪽

풀었어. 태블릿 복습은 일주일 전부터……."

이니가 보고하듯 공부한 분량을 읊어 대는데 진용이 짜증을 냈다.

"너 혹시 정해진 시간보다 더 공부하는 건 아니겠지, 설마?"

그 말에 이니가 발걸음을 멈추고 진용을 똑바로 쳐다봤다.

"하루 최대 다섯 시간 학습, 학교 수업 7교시를 빼고 집이나 학교 자율 학습실에서 공부하는 시간 최대 다섯 시간! 이 외에는 더 이상 공부할 수 없어."

진용은 이니의 무표정하고 차분한 대응에 이맛살을 찌푸렸다.

"알아! 알아! 넌 그냥 프로그래밍된 기계 덩어리일 뿐이니까!"

진용의 말에 나는 뒤쫓던 걸음을 우뚝 멈추었다. 진용의 목소리에 짜증이 잔뜩 끼어 있었다. 그럴 때 진용은 삽시간에 돌변한다. 이렇게 보는 눈이 많은 교문 앞에서 그런 모습이 튀어나오면 안 된다.

나는 후다닥 뛰어 진용과 이니 가운데에 섰다.

"진용아! 너 학원 보충 있다고 하지 않았어? 늦겠다."

진용은 칼날 같은 눈으로 나를 힐끗 쳐다보더니 밀어냈다.

"로봇 주제에 사람과 똑같이 공부하겠다고? 똑같은 조건이라는 전제 자체가 인간에겐 모멸이라는 걸 모른단 말이야? 하여튼 똑똑하다는 어른들이 하는 짓은 하나같이!"

그러나 이니는 아무런 동요 없이 진용의 말을 받았다.

"중학생 권장 일일 학습 최대 다섯 시간. 그 이상의 공부는 성장기 청소년의 심신에 무리를 줄 수 있으며, 이는 향후 고등학교 3년의 대입 시기에 부정적 영향을 끼치는 잠재적 요인으로 작용할 수 있다. 하루 다섯 시간의 학습은 최대 주 5회를 넘지 않아야 하며 매 시간마다 10분씩 휴식 시간을 가져야 한다. 더불어 주말을 이용한 운동을 권장한다. 이는 장시간 학습에 노출되어 피로해진 신체와 정신에 건강한 에너지를 재충전하는 기회를 제공할 수 있다."

이니가 국민교육헌장을 낭독하듯 자신의 인공지능 하드웨어에 저장되어 있는 '중학생을 위한 표준 학습 시간' 지침을 읊었다.

진용이 입꼬리를 비틀었다.

"하지만 사람은 말이야, 의지의 동물이거든. 마음 독하게 먹고 진득이 앉아 버티면 일주일 내내 매일 여덟 시간씩 공부할 수 있단 말이지. 난 초등 4학년 때부터 그래 왔거든."

이니는 진용이 자신을 향해 비아냥대듯 눈을 내리까는 걸 조용히 바라보았다. 그리고 무언가 처음 학습할 때 하는 버릇처럼 고개를 좌우로 한 번씩 갸우뚱하더니 눈을 깜빡였다. 그러나 매번 눈동자를 스치던 광채는 보이지 않았다.

진용은 이니의 모습을 쏘아보다 커다랗게 한숨을 내쉬었다.

"하긴 그놈의 의지 때문에 되레 하루에 한 시간도 공부를 못 하고 날리는 경우도 있긴 하지만 말이야. 야, 안드로이드! 너 그거 아냐? 난 말이야, 네가 딱 하루에 다섯 시간만 공부할 수 있다는 게 신경 쓰인다 이 말씀이야. 겨우 그것 가지고 이번 중간고사에서 나보다 좋은 성적이 나오면 난, 난……, 에잇! 모르겠다!"

진용은 혼잣말처럼 내뱉고는 인사도 없이 이니 앞을 떠났다. 나는 화들짝 놀라 얼른 진용을 쫓아갔다.

진용과 나는 학교에서 버스로 다섯 정거장 떨어진 큰길가를 나란히 걸었다. 그것 또한 진용이 내게 내민 조건 중 하나였다. 학교 반경 1.5킬로미터 이내에서 우리는 서로를 아는 체하면 안 된다. 하지만 안전지대로 들어서면 나는 진용과 손도 잡을 수 있고 다정하게 수다를 떨 수도 있다. 나는 이런 진용의 용의주도함에 마음 깊이 감탄하고 있었다. 진용과 내가 사귀는 걸 들키면 나한테 좋을 게 없을 거라는 진용의 사려 깊음이 고마웠다. 모든 여학생의 선망을 나처럼 보잘것없는 '중간 성적'이 독차지하고 있다는 게 알려진다면 나는 그날로 왕따에 사이버 테러 대상이 되는 거였다.

우리는 버릇처럼 큰길가 귀퉁이에 있는 골목으로 들어갔다.

"진용아! 이니 같은 로봇한테 신경 쓰지 말고 평소대로 페이스 유지해."

나는 진용의 눈치를 보며 말을 이었다.

"어떻게 너처럼 훌륭한 학생과 그런 실험용 로봇을 비교하겠……."

"야, 입 닥치고 가만있어!"

나는 진용이 씹어뱉는 말에 어깨를 움츠렸다.

"니까짓 게 뭘 안다고 씨불이는 거야? 머리도 나쁜 게! 그리고 아까 그건 뭐야? 왜 교문 앞에서 말 시키고 난리야? 애들한테 들키면 어쩌려고!"

나는 눈물이 불쑥 솟아올라 눈가가 벌겋게 달아올랐다.

"미, 미안해. 나는 네가 위태로워 보여서 그만……."

"위태로워? 내가? 야, 너나 잘해!"

또 시작이었다. 진용의 히스테리! 진용은 시험 때만 되면 나를 괴롭혔다. 온갖 욕을 해 대고 어쩔 땐 일부러 이별 통보를 해서 나를 숨통 막히게 했다. 물론 이런 심술은 시험이 끝나면 감쪽같이 사라진다. 자기가 한 말을 전부 다시 주워 담고 이별 통보는 철회한다. 내게 미안하다며 맛있는 빙수도 사 주고, 좀 심했다 싶을 때는 작은 선물을 사 주기도 했다. 나는 진용에게 맛있는 걸 얻어먹으면 너덜너덜해졌던 마음이 싹 낫는 느낌을 받았다. 맛있는 음식만큼 나를 위로하는 것도 세상에 없다.

내 팔목에 걸려 있던 가느다란 팔찌 역시 진용이 나를 위해 준비한 선물이었다. 2학년 1학기 기말고사 마지막 날, 진용은 내게 그만 좀 떨어져 나가라고 소리를 지른 적이 있다. 소리만 지른 게 아니었다. 자신의 옷소매를 붙들고 매달리는 나를 떼어 내느라 내 팔목을 거세게 잡아 비틀었다. 때문에 나는 여름방학을 코앞에 둔 더운 날씨였는데도 한동안 긴팔 옷만 입고 다녀야 했다. 팔목에 검푸른 멍 자국이 생겼기 때문이다. 기말고사가 끝나고 이틀 후 진용은 멍든 내 오른 팔목에 가느다란 팔찌 하나를 채워 주었다. 나는 너무 고마워 눈물까지 흘렸지만 진용은 오히려 고맙고 미안하다며 나를 꼭 안아 주었다.

어쨌든 오늘 같은 날은 최대한 진용의 비위를 맞춰 주어야 했다.

"미안해, 진용아. 네 기분도 모르고 떠들어서."

나는 기어드는 소리로 말했다.

"제기랄! 내가 젤 재수 없어 하는 게 뭔지 알아?"

"응? 뭔데?"

"이닌지 아닌지 저 새끼 도대체가 감정이 없어. 무슨 말을 해도 맨날 똑같은 표정, 무슨 일을 당해도 맨날 똑같은 목소리. 정말 징그럽지 않냐?"

그건 진용의 말이 맞다. 이니는 무슨 일을 당하건 무슨 말을 듣건 한결같다. 사실 그건 자연스러운 일이다. 이니는 로봇이니까. 로봇은 인간의 감정을 흉내 낼 수는 있어도 감정을 스스로 만들어 내지는 못한다. 하지만 진용을 봤을 때, 사람이 로봇에게 갖는 것은 감정이 전부였다. 진용은 이니의 출현 이후 내내 안절부절못했다. 그건 나만이 알아채는 진용의 모습이었다. 진용은 부모님에게 조차 속마음을 터놓지 않았다. 진용이 유일하게 약한 얼굴을 보이는 건 오직 나, 오지영 한 사람뿐이다.

"어? 왜 대답이 없어? 너 또 내가 말하는데 멍때리고 있지!"

뭐라고 대꾸를 하려는데 진용이 내 머리를 툭 쳤다. 나는 휘청하며 한 걸음 물러섰다. 그즈음 진용에게 맞는 횟수가 잦아지고 있었다.

"아니야! 이니가 어땠는지 기억하느라고 잠깐 그런 거야."

"거짓말하지 마. 너 지금 내 말 안 듣고 딴생각했어!"

진용이 한 발 다가서며 오른팔을 쳐들었다.

"엄마!"

나는 눈을 질끈 감고 두 팔로 머리를 감쌌다. 이번에 떨어질 주먹은 꽤 아플 것 같은 예감이 나를 뒤흔들었다.

그때였다. 골목 입구에서 낯익은 목소리 하나가 튀어나왔다.

"거기 오지영 아니야?"

깜짝 놀란 나와 진용이 그쪽을 바라보았다. 동시에 진용은 얼른 내 뒤로 몸을 숨겼다. 거기엔 뜻밖에도 이니가 서 있었다.

나는 본능적으로 이니에게 진용을 들키면 안 된다는 생각이 들었다.

"어? 이니! 너 여기 웬일이야?"

나는 일부러 큰 소리로 대답하며 골목 밖으로 나갔다. 그사이, 진용은 골목 반대편으로 서둘러 빠져나갔다.

"어? 혼자 있었어?"

이니는 텅 빈 골목을 건너다보며 물었다.

"그, 그럼. 근데 넌 여기 웬일이야?"

나는 얼른 말머리를 돌리며 이니를 큰길가로 이끌었다.

"진용이 목소리도 들렸는데."

이니는 고개를 갸웃거리며 골목 안쪽에서 눈길을 떼지 않았다. 로봇은 로봇이다. 내가 한껏 나 혼자였다고 강조했지만 로봇에겐 눈치껏 넘어가 주는 센스 따위가 있을 리 없었다.

"진용이도 같이 있었던 거 아니야?"

"내일이 중간고사 시작인데 집에 가서 공부 안 해?"

내가 또다시 이니의 관심을 다른 곳으로 돌렸다. 이니는 공부라는 단어에 반응했다.

"서점에서 문제집 하나 사서 가려고. 그래서 나왔어. 수학 문제는 유형별로 많이 풀어 봐야 유리하다고 해서."

"태블릿에 있는 기출문제는?"

"이미 다 풀었어."

"그걸 다? 와! 대단하다. 근데 문제집은 온라인으로 주문하면 되지 뭐 하러 서점까지 가냐?"

"나는 사람들이 하는 대로 해 보는 게 목표야."

"사람 흉내 내는 거야? 웃긴다, 야."

"웃기는 건 사람이지. 서점이 왜 필요하지? 네 말대로 온라인으로 다운받을 수 있는 걸 왜 서점까지 나가서 무거운 종이책을 사는지 이해가 안 돼. 그래서 똑같이 한번 해 보면 무슨 답을 얻을 수 있지 않을까 해서."

이건 뭐지? 하는 의문이 들었다. 왠지 이니가 실험용 로봇이 아니라 인간이 이니의 실험 대상이 된 것 같았다.

이니는 멍한 내 얼굴을 들여다보았다.

"근데 너 아까 정말 혼자였어?"

나는 재빨리 이니의 팔짱을 꼈다.

"잘됐다. 나도 서점 가는 길인데, 같이 가자."

"너도 문제집 사러 가는 거야?"

이니의 물음에 나는 호탕하게 하하, 하고 웃었다.

"야, 나는 너희들 같은 우등생과가 아니거든요. 서점 5층에 있는 초밥집에 가는 거야."

그건 거짓말이 아니었다. 내게는 취미이자 버릇이 하나 있다. 진용에게 시달리고 난 후엔 꼭 맛집을 찾아간다. 가서 맛있는 음식을 먹으며 스트레스를 푼다. 나는 먹는 걸 좋아한다. 특히 맛있는 걸 먹을 때는 마음이 평화로워지고 행복해진다. 그래서 맛있는 음식을 실컷 먹으면 웬만한 화와 슬픔은 다 풀리고 가라앉는다. 시험 기간이 끝나고 진용이 사 주는 음식을 기다리기엔 내 안에 쌓인 스트레스가 너무 크다.

이니와 나는 근처에 있는 대형 서점으로 갔다. 나는 이니가 수학 응용 문제집을 사는 동안 기다렸고, 이니는 내가 초밥집에서 '오늘의 초밥 정식'을 다 먹을 때까지 앞에 앉아 있었다. 내가 그렇게 해 달라고 부탁했다. 혼자 밥 먹는 것에 아무리 익숙해졌다지만 그래도 누군가 탁자에 마주 앉아 있으면 밥맛이 더 나는 법이다. 그게 비록 로봇이라 하더라도 말이다. 이니는 새로 산 문제집을 천천히 살펴보다 간간이 고개를 들어 나를 바라보았다. 순간 이니가 진짜 친구처럼 느껴졌다. 초밥을 나누어 먹지 않아도 안 미안한 로봇, 이런 친구 하나쯤 있어도 나쁠 것 없다는 생각이 들었다. 혼밥 할 때마다 이니를 불러내면 어떨까 하는 궁리가 머릿속을 빠르게 지나갔다.

중간고사 결과는 '예상대로'이자 '뜻밖'이었다. '예상대로'라는 말은 인공지능 로봇의 학습 능력이 이미 인간의 그것을 뛰어넘을 것이라는 모두의 짐작이 맞았다는 뜻이다. '뜻밖'이란 이니를 이기기 위해 기를 썼던 진용의 성적이 오히려 떨어진 사건이었다. 진용은 시험 평점이 지난 학년 기말고사보다 5점이나 떨어졌다.

학교에서는 공식적으로 전교 석차를 매기거나, 매긴다 하더라도 공개하지 않는다. 이건 교육청에서 정한 시책이었다. 하지만 중간고사가 끝나고 한 시간도 안 되어 모든 SNS에는 전교 석차가 바로 떠 버린다. 항상 1등을 놓치지 않던 진용은 석차가 4등이나 밀려 전교 5등이었다. 1등은 이니였다.

교장 선생님은 각종 매스컴과의 인터뷰로 눈코 뜰 새 없이 바빠졌고, 교무실은 이니의 존재에 대한 찬반론으로 갈려 시끄러웠다. 로봇의 인간화 실험을 중단하는 것이 명문고에 입학해 학교의 명예를 드높여 줄 우등생들에게 이롭다는 쪽이 하나였다. 그에 반해 이니의 존재가 오히려 우등생들에게 자극이 되어 성적을 올려 줄 거라는 쪽이 나머지였다. 두 진영은 팽팽히 맞서며 입씨름을 해 대는 모양이었다.

진용은 시험 성적이 나오자 넋이 나간 듯 허우적댔다.

"나 이제 어떡하지?"

골목 안에 선 진용은 손을 벌벌 떨며 나를 쳐다보았다. 어미 잃은 강아지처럼 축축이 젖은 눈을 하고 내 대답을 기다리는 진용이 너무나 애처로웠다. 냉정하게 얘기한다면 이니의 성적이나 등수는 공식적인 것이 아니었다. 이니가 낸 성적은 그냥 실험 결과일 뿐이다. 그러니까 이니가 아무리 전교 1등을 했다 하더라도 실제 학적부에는 2등인 설민주가 전교 1등으로 기록되는 것이다. 진용의 경우엔 5등이니까 기록은 전교 4등이 되는 셈이었다.

"걱정 마. 진짜 등수도 아니고 실험 결과인데 뭘. 그리고 넌 분명히 기말엔 다시 1등 자리를 되찾을 거야. 그러니까……."

내가 진용의 땀 젖은 손을 잡아 주려고 팔을 뻗는데 진용이 화를 버럭 냈다.

"너 같은 돌대가리가 전교 1등 자리에서 밀려난다는 게 어떤 건지나 알아? 평균 점수가 5점이나 떨어졌다는 게 무슨 뜻인지 알기나 하냐고!"

진용이 갑자기 돌변해 으르렁댔다. 1분 전까지 낑낑거리던 새끼 개가 순식간에 미친 늑대로 변하는 꼴이었다. 나는 가슴이 졸아붙어 숨을 쉬기 힘들었다. 시험 때마다 겪는 일이지만 절대로 적응할 수 없는 게 진용의 이런 모습이었다.

물론 나 같은 '중간 성적'이 '정상급' 진용의 마음을 감히 헤아릴 수는 없을 터였다. 죽었다 깨도 진용이 받는 스트레스는 맛도 못 볼 거다. 그래서 나는 진용 옆에 붙어 있었다. 그런 엄청나고 대단한 일을 견디며 해내는 승리자 옆에서 그 기분을 만끽하고 싶었다. 나는 진용이 전교 회장에 뽑히고 교육청에서 학년마다 주는 모범 우등생 상장을 타면 신이 났다. 마치 내가 전교 회장이 되고 우등생이 된 것 같은 기분이 들었다. 그러니까 진용이 스트레스를 푸느라 내게 욕을 하고 손찌검을 해도 참아야 한다고 마음먹었다. 결국 그날도 나는 진용에게 머리통을 세 대나 얻어맞았다. 때릴 때마다 이유도 각각이었다. 진용의 말귀를 못 알아먹은 죄, 대답이 진용의 마음에 들지 못한 죄, 그리고 마지막은 그냥 나라는 존재 자체가 짜증을 불러일으키는 죄. 그래도 나는 꾹 참고 신음 소리 한번 내지 않았다. 진용처럼 대단한 남자 친구를 갖기 위한 대가라고 생각했다.

그런데 안타깝게도 상황은 점점 더 나빠져만 갔다. 1학기 기말고사 때도 전교 1등은 이니, 진용은 그나마 나아진 전교 3등이었다. 진용은 2학기를 벼르며 여름방학 내내 학원과 독서실에서 살았다. 뜨거운 햇볕이 내리쬐는 더위에도 진용은 핏기 없는 희멀건 얼굴로 알레르기 비염에 시달렸다.

나는 진용과 만나는 횟수가 점점 줄어들었다. 진용이 공부로 너

무 바쁜 탓도 있었지만 나 역시 진용을 만나는 게 덜 설레기 시작
했다. 얼마 전부터 진용을 만나러 갈 때마다 가슴이 두근거리다 심
하게 조이기를 반복했다. 막상 진용을 보면 모든 두려움과 불안이
눈 녹듯 사라지지만 그때뿐이었다. 진용이 내 말꼬리를 잡고 싸움
을 걸거나 내게 어려운 문제를 풀어 보라며 괴롭힐 때마다 가슴이
커다란 돌에 눌린 듯 답답해지고 숨이 가빠졌다.

"너 요즘 살쪘다. 노출의 계절인데 몸매 관리 안 하냐?"

기껏 입고 나간 분홍 원피스를 진용이 아래위로 훑더니 타박을
놓았다.

나는 무안하고 창피해 얼굴이 빨개졌다.

"너 안내 데스크 직원으로 취업하기로 되어 있다면서? 그런 애
가 외모에 무신경해도 되냐? 아, 진짜 같이 다니기 창피해서."

할 말이 없었다. 그즈음 부쩍 맛집을 찾아다니며 폭식을 한 게
사실이었다. 나는 그날 아무런 대꾸도 하지 못한 채 진용이 나를
버려두고 제 갈 길로 가는 걸 멍하니 바라보기만 했다.

3학년 마지막 학기가 시작되었다.

이니의 상황은 조금 나아지고 있었다. 아이들과 농담도 주고받
고 체육 시간에는 여자애들의 입을 떡 벌어지게 할 정도로 멋진 덩
크 슛을 선보이기도 했다. 차츰차츰 시험 성적만을 위한 실험 로봇
이 아닌 3학년 2반의 학생 중 하나로 녹아들었다.

지난번, 우연히 이니를 만나 초밥을 먹으러 갔을 때였다.

식당을 나오다 이니가 내게 물었다.

"가끔 네가 음식점 올 때 같이 와도 돼?"

나는 마지막 초밥을 먹으며 스쳤던 생각이 떠올라 반가운 마음이 들었다. 혼밥 할 때만 부르는 부담 없는 친구 말이다. 속마음을 들킨 것 같아 얼굴이 잠깐 달아올랐지만 시치미를 떼고 되물었다.

"어? 안 될 건 없지만……, 왜? 넌 밥 먹을 필요 없잖아."

"나는 필요 없지만 넌 필요하잖아."

"……!"

나는 이니를 쳐다보았다. 그 말을 듣는 순간, 이니는 정말 거짓말 하나도 안 보태고 진짜 사람 같아 보였다. 이니는 내가 자기를 뚫어져라 쳐다보자 눈을 한 번 깜빡이더니 말했다.

"거절하는 거야?"

나는 '아니, 아니' 하고 손사래를 쳤다. 그날 이후, 나는 맛집 순례에 나설 때 이니에게 문자를 먼저 보내기 시작했다.

숨막히는 여름이 가고 짧은 가을이 왔다. 1년에 몇 번 못 보는 푸른 하늘이 드높던 날, 나는 이니를 데리고 서점에서 조금 떨어진 빌딩으로 들어갔다. 거기엔 요즘 맛집 사냥꾼들이 총알 다섯 개를 안긴 식당이 있었다. 이니와 나는 3층으로 올라가 기다란 줄 끝에 섰다. 맛집은 다 좋은데 대기 시간이 괴롭다. 미리 예약도 안 되고 번호표를 주는 것도 아니다. 그냥 그 집 정문 옆에 줄줄이 늘어서서 이 집이 얼마나 인기 있는 집인지를 온몸으로 광고해 주어야 들어갈 수 있다.

"이니야, 오늘 우리 여기 오는 거 아무도 모르지?"

나는 종아리가 뻣뻣해지는 걸 참으며 물었다.

"응, 진용이는 오늘 사립 고등학교 입학 설명회에 갔어."

이니의 대답에 내가 발끈했다.

"누가 진용이 말이래? 반 애들도 너랑 나랑 같이 다니는 거 알면 좋을 게 없으니까 그렇지."

내 말에 이니는 아무 대답도 하지 않았다.

그러는 사이, 차례가 되어 우리는 식당 안으로 들어갔다.

지글지글 끓어 대는 철판에 두툼한 쇠고기 패티, 그 위로 흐르는 다갈색의 양송이 소스와 치즈……. 나는 훌륭한 음식을 보면 우선 어떻게 만들어졌는지 레시피를 분석한다. 맛집일수록 레시피 공개는 절대 안 하지만 나는 두세 번만 먹어 보면 대충 흉내 낼 수 있을 정도로 미각 분석력을 가지고 있다.

"햄버그스테이크의 쇠고기 패티는 되도록 단순하게 간을 해야 해. 소금과 후추, 맛술 정도로 고기 잡내를 없애 주면 되는 거지. 나머지는 소스에서 해결해야 해. 단맛과 신맛의 조화를 위해 양파와 케첩의 비율을 잘 맞추는 게 비결이야. 양파는 꼭 갈색빛이 돌 때까지 약한 불에서 볶아 줘. 그래야 부드러운 단맛을 낼 수 있거든."

이니는 내 수다를 조용히 들으며 음식과 나를 번갈아 쳐다보았다. 그냥 보는 게 아니라 관찰이었다.

"아, 이제 제대로 먹어야징!"

나는 햄버그스테이크를 커다랗게 잘라 입안에 쑥 넣고 우물거렸다. 구수하고 부드러운 육즙과 풍미 가득한 소스가 완벽하게 어우러지면서 나를 행복하게 했다. 레시피 견적이 나오면 나는 세상 누구보다도 너그러워지고 착해진다. 그냥 다 잊고 맛을 음미하는 미식가가 되기 때문이다.

"크! 바로 이 맛이야. 왜 다른 데는 이런 햄버그스테이크를 못 만드는 거지?"

이니가 내 입으로 끊임없이 들어가는 쇠고기 조각을 바라보다 눈을 깜박였다.

"맛있다는 건 뭐야?"

뜬금없는 질문이었다. 나는 순간 당황해서 포크질을 멈추었다.

"맛있다는 건 말 그대로 좋은 맛이 느껴진다는 뜻이지."

"느낀다는 건 뭐야?"

넘기던 햄버그스테이크 조각이 목구멍에 탁 걸렸다.

"느낀다는 거? 음, 그러니까 그건……."

내가 대답할 말을 찾지 못해 우물거리는데 이니가 말을 이었다.

"감각은 촉각과 시각, 청각과 후각 그리고 미각인데, 로봇이 이해할 수 없는 감각은 사실상 없어. 미각은 단맛, 짠맛, 신맛, 쓴맛,

감칠맛으로 구분되지. 그걸 로봇은 입력되어 있는 데이터로 분석하고 판단해. 그래서 단맛이 어떤 효과를 가지고 있는지, 쓴맛이 인간 신체에 어떤 반응을 나타내는지 잘 알아. 그런데 '맛이 있다, 없다'라는 느낌은 뭔지 모르겠어. 네가 맛있다고 평가한 음식을 먹을 때 말이야, 너의 전반적인 신체 반응은 정말 놀랍거든. 수치화하기 어려울 정도로 복잡한 감정 상태를 드러내고 바이탈 수치가 순식간에 변해. 도대체 맛있다는 느낌은 어떤 거야?"

정말 이럴 때는 이니가 로봇이라는 사실을 깜빡 잊고 있던 나 자신에게 놀라게 된다.

나는 포크와 나이프를 내려놓고 물을 한 모금 마셨다. 그리고 마음을 차분히 가라앉힌 뒤 말문을 열었다.

"느낌이란 건 말이야, 말로 설명될 수 있는 게 아니야. 만약 '맛이 있다, 없다' 같은 극히 개인적인 느낌을 네 말대로 수치화할 수 있다면 그건 이미 사람이 느끼는 미각이 아닐 거야."

이니는 내 말을 알아들었는지 못 알아들었는지 두 눈만 껌뻑거릴 뿐이었다.

"그래서 아직 요리는 로봇이 할 수 없는 직업 영역인 거야. 컴퓨터에 입력된 조리 방법대로 음식을 만든다고 해도 사람들은 로봇이 만든 음식과 사람이 직접 요리한 음식을 귀신같이 구분하거든."

이니가 대꾸했다.

"공장에서 자동화 시스템이 조리한 급식소 음식만 먹던 사람들은 뭐야? 연구 논문에서 보니까 그들은 로봇과 인간이 조리한 음식을 구분해 내지 못한다는 실험 결과가 있던데."

나는 물론 그런 논문은 읽어 본 적이 없었다. 그래도 이니가 하는 말이 무슨 뜻인지는 알아들었다.

"사람의 입맛은 신비해서 어떻게 길을 들이냐에 따라 만들어져. 네가 말한 인스턴트 음식만 먹던 사람은 그 맛에만 익숙해지고, 그 외에 요리사마다 달리 내는 다양한 미각을 경험하지 못했기 때문에 구분하지 못하는 걸 거야. 쉽게 말하자면 맛을 알아차리지 못하는 거지. 그래서 오히려 익숙하지 못한 맛에는 거부감을 나타낼 수도 있어."

이니는 장황한 내 대답에 고개를 갸웃거리며 눈을 깜빡였다.

'또 학습 중이군.'

햄버그스테이크가 식고 있었다. 나는 얼른 고기를 잘라 입으로 가져갔다.

"야, 그만 좀 쳐다봐. 남 먹는 거 그렇게 관찰하듯 보는 것도 실례다, 너."

내가 쥐어박는 시늉을 하자 이니가 빙긋 웃었다.

"음식을 맛있게 먹는다는 느낌, 그 기분이 정말 궁금해."

나는 짐짓 진지한 표정으로 타일렀다.

"네가 사람들 사이에 섞여 사람처럼 공부하고 생활한다고 사람이 되는 건 아니야. 친구야, 너무 욕심내지 마. 넌 너대로의 개성과

장점이 있잖아."

이니가 고개를 가로저었다.

"사람이 되고자 하는 계획은 없어. 그냥 궁금할 뿐이지."

나는 이니의 딱 부러진 대답에 머쓱해졌다.

이니는 내 앞에 놓인 접시들을 훑어보다 나와 눈이 마주치자 또한 번 빙그레 웃었다. 나는 이니의 짜인 각본 같은 미소가 안쓰러웠다.

2학기는 1학기보다 시간이 배는 빨리 갔다. 개학하고 진로 최종 상담을 하고 나자 바로 중간고사 기간이 닥쳤다. 나의 진로 계획은 변함없이 안내 데스크 응대 직원이었다. 나는 손에 들린 적성검사 결과지를 가만히 접어 교복 주머니에 넣었다.

중간고사에서 이니가 1등, 진용이 2등을 차지했다. 나는 진용이 슬슬 컨디션을 되찾은 것 같아 마음이 놓였다.

"여름방학 동안 숨도 안 쉬고 공부한 덕분이지."

진용은 여유 만만한 표정으로 종합 비타민 주스를 쪽쪽 빨며 말했다.

나는 진용의 입으로 빨려 들어가는 액체를 경멸스럽게 쳐다봤다. 꼭 오줌처럼 누런 색깔의 저 인공 합성 음료는 사람이 먹을 만한 게 아니다. 그러나 진용은 언제나 그 주스를 사 마셨다. 물론 내걱정이나 조언 따위는 듣는 척도 하지 않았다.

"그래도 아직 끝난 게 아니야. 기말에는 기필코 내 자리를 되찾고 말겠어."

진용은 어금니를 악물며 주먹을 흔들어 댔다. 나는 모처럼 좋아진 진용의 기분이 다칠까 봐 아무 말도 못 하고 고개만 끄덕였다.

"근데 오지영, 너 말이야. 요즘 이상한 소문 돌더라."

"소문이라니?"

"너 로봇하고 데이트하고 다닌다며?"

"뭔 소리야? 내가 무슨 로봇이랑 데이트를 해?"

"이니랑 시내 서점에서 같이 있는 걸 봤다던데? 너 그 로봇이랑 친하냐? 친하다는 표현 자체가 말도 안 되지만."

나는 가슴이 철렁 내려앉았다. 이니와 친한지는 잘 몰라도 시내 서점에서 같이 돌아다닌 건 맞기 때문이었다. 그러고 보니 2학기 들어서 분위기가 좀 이상하기는 했다. 나와 늘 붙어 다니던 서우와 민지는 말도 없이 특별활동 과목을 탁구에서 아이돌 댄스로 바꿨다. 나는 탁구 시간에 같이 칠 상대가 없어 매번 벤치에서 자리만 지키게 되었다. 그뿐만이 아니었다. 얼마 전부터 서우와 민지는 나와 앙숙이던 재은과 몰려다니기 시작했다. 1학년 이후로 나는 재은과 말도 섞지 않는 사이였다. 재은이 나에 대해 고약한 소문을 퍼트렸기 때문이다. 그런 내 사정을 뻔히 알면서도 단짝인 서우와 민지가 재은과 친구 맺기를 하다니 이해할 수가 없었다. 나는 재은 때문에 두 친구 근처에도 가지 못한 채 교실에서 혼자 빙빙 떠돌았다.

나는 갑자기 변한 내 생활에 불안감을 느꼈지만 진용은 이런 내 처지를 보고도 아무런 말이 없었다. 도움의 손길은커녕 진용은 내게 로봇과 사귀냐는 질문을 해 대고 있었다.

"너도 알잖아. 요즘 서우, 민지랑 같이 안 다녀. 이니는 그냥 한두 번 서점에서 마주친 게 다야."

"너 설마 걔네들이 왜 따시키는지 모르는 거냐?"

"따라니? 내가 뭘 잘못했는데?"

"지금처럼 거짓말하면서 로봇이랑 친하게 지내잖아. 그게 따당하는 이유지 뭐."

진용은 코웃음을 치며 나를 삐딱하게 쳐다봤다. 그 눈빛을 보자 처음으로 이상한 생각이 들었다. 정말 이 애가 나랑 사귀는 애 맞나? 어떻게 나를 좋아한다는 애 얼굴에서 저런 표정이 나올 수 있지? 나는 머리가 어지러웠다. 내가 대꾸를 못하고 씨근덕거리자 진용이 내 어깨에 손을 얹으며 나직이 말했다.

"지영아, 내가 니 억울한 마음 다 알아. 너 누명 벗고 싶지?"

"응? 응!"

"그럼 내 말 잘 들어. 이제 내신은 기말고사 하나만 남았어. 나시험 망치면 안 돼. 내 인생 자체가 망가진다고. 네가 나 좀 도와줘라."

"뭘 도와줘?"

"이니의 태블릿을 훔쳐 오든 망가트리든 둘 중에 하나만 해라."

"뭐? 말도 안 돼!"

내가 머리를 흔들자 진용이 바짝 다가와 섰다.

"너도 알잖아. 우리 인간은 인공지능을 이길 수 없어. 지금 우리 반, 아니 내가 당하고 있는 건 다 개또라이 짓이라고!"

진용은 또라이 짓거리엔 또라이 짓으로 응대해 주는 게 공평하다고 말했다.

"딥 러닝을 하지 않은 채 인간과 학습 능력을 겨룬다고? 웃기고 있네. 슈퍼카에 내비게이션 안 달았다고 못 달리냐? 우린 이니 저 녀석에 비하면 기어를 조작해야 하는 이륜구동 똥차란 말이지. 이 니를 만든 로보티아, 그 대기업 놈들! 지들 안드로이드 홍보 마케 팅을 아무 죄 없는 우리 반을 밑밥 삼아 공짜로 해 대고 있는 거라 고. 아, 물론 교장 선생님이야 사정이 좀 다르겠지만."

이미 얘기했지만, 진용 엄마는 학부모 모임 대표다. 그래서일 까? 진용은 평범한 나는 절대 알 수 없는 학교의 기밀도 훤히 꿰고 있는 것 같았다. 그런데 이상한 점이 하나 있었다. 만약 저렇게 진 용에게 해만 되는 이니라면 왜 진용 엄마는 이 실험 프로젝트에 찬 성했을까? 자기 아들이 받을지도 모르는 피해를 전혀 가늠하지 않 았단 것인가? 진용만큼이나 철두철미하고 용의주도하다는 진용 엄 마인데 말이다. 내 의구심은 다음에 이어지는 진용의 혼잣말로 금 세 풀리고 말았다.

"뭐? 인공지능 로봇과 경쟁해서 이기면 국립대학 조기 입학은

따 놓은 당상이라고? 엄마도 미쳤지, 미쳤어!"

진용이야말로 미친 사람처럼 중얼거리다 고개를 번쩍 들었다.

"야! 오지영, 너 내 말 잘 들어. 기말고사엔 무슨 일이 있어도 내가 그 기계 덩어리를 깔아뭉개고 전교 1등이다. 너 거기에 협조 안 하면 우리 사이는 끝이야. 알았어?"

이별의 협박……, 그것처럼 내 영혼을 갉아먹는 말이 또 있을까? 엄마 아빠가 따로 살기 시작하고 외동딸인 나를 할머니 집에 맡겨 버린 어린 시절의 기억이 구더기 떼처럼 스멀스멀 기어 올라왔다. 다시는 버림받고 싶지 않았다.

"알았어. 시키는 대로 할게. 제발 헤어지잔 소리만 하지 마."

다음 날부터 나는 이니의 사물함을 호시탐탐 노렸다. 그러나 말처럼 쉽지 않았다. 혹시 여러분은 알고 있을까? 왕따당하는 아이는 그 누구도 신경 쓰지 않는 물건처럼 무시당한다. 그러나 동시에 일거수일투족을 감시당하는 신세이기도 하다. 무슨 짓을 해도 아무런 반응을 얻어 낼 수 없지만 뭐든 하기만 하면 괴롭힘을 당할 꼬투리를 잡히는 게 왕따였다. 아이들의 눈치와 감시에 갇힌 내가 할 수 있는 일은 없었다.

나는 고민에 빠졌다. 진용은 왜 내게 그런 도둑질을 시키는 걸까? 진용은 나를 좋아하기는 하는 걸까? 똑같은 질문이 하루에도 수백 번 내 머릿속을 때렸다. 그 문장이 떠오를 때마다 진용을 향한 존경과 사랑이 조금씩 무너졌다. 나는 그런 내 마음의 변화를 목격하는 것 자체가 두려워 두 눈을 질끈 감고 도리질을 치곤 했다. 나는 진용이 없는 세상에서 살 자신이 없었다.

그렇게 냉탕과 열탕을 오가는 사이에 시간은 흘러갔다. 기말고사가 코앞인데도 이니의 태블릿은 만져 보지도 못한 채였다. 이니가 그 물건을 특별 관리하는 건 아니었다. 이니는 그보다 더 성능좋은 두뇌를 가지고 있기 때문이다. 진용처럼 기계에 목숨 걸지 않았다. 내가 문제였다. 사실 몇 번 훔쳐 낼 기회가 있었다. 아이들의 눈길을 피할 기회를 포착해 냈기 때문이다. 그런데 그때마다 손길이 멈추고 말았다. 하고 싶지 않았다, 도둑질 같은 건······.

– 이니야, 오늘 학교 끝나고 시간 돼?

– 시간 되는데, 왜?

– 복합 센터에 파스타집이 새로 생겼는데 거기 라자냐가 그렇게 죽인대.

– 뭐냐? 내일이 기말고사 시작인데 넌 맛집 순례냐?

– 싫으면 말고.

– 알았어. 이따 지하철역에서 보자.

진용은 기말고사가 다가올수록 나를 더욱 닦달했지만 내가 이니의 공부를 방해하는 작전은 겨우 이게 다였다. 게다가 이 방법이 정말 이니의 시험 성적을 떨어트리는 효과를 발휘했는지는 잘 모르겠다. 아니, 사실대로 말하자면 이 계획은 전혀 성과를 발휘하지 못했다. 이니는 기말고사에서 진용을 제치고 전교 1등을 했고 진용은 겨우 주관식 한 문제 차이로 2등에 머물렀다. 점수 차이는 겨우 1.5점이었다. 물론 공식적으로 진용이 전교 1등이었지만, 그의 얼굴엔 분노와 패배감으로 가득 차 있었다.

시험 성적이 공개된 날, 진용 엄마가 학교를 찾아왔다. 주관식 문제 채점 방식에 대해 담당 선생과 면담을 할 거라고 했다. 그러나 답안 채점 담당 선생은 인공지능 시스템이다. 붙잡고 마주 앉아 따질 사람이 없었다. 진용 엄마는 그 사실에 더더욱 약이 올라 교장실까지 쳐들어갔다. 그러나 그녀에게 교육청에서 관리하는 답안 채점 기준을 뜯어고칠 힘까진 없었다.

진용이 나를 골목으로 불러냈다. 나는 나가고 싶지 않았다. 진용과 사귄 후 처음 드는 마음이었다. 한참을 망설인 끝에 집을 나섰다.

"너 이제부터 이니랑 어울리지 마."

나는 화풀이 매를 맞을 각오로 나갔지만 엉뚱한 소리에 긴장이 풀어지고 말았다.

"왜?"

"그냥 그 로봇이랑 말 섞지 말라고. 나랑만 말해."

진용은 이 말만 던져 놓고 자리를 떴다. 나는 하늘이 컴컴해지도록 그 자리에 우두커니 서 있었다. 그리고 이니에게 문자를 넣었다.

– 이니야, 저번에 그 파스타집에서 보자. 할 얘기가 있어.

이니는 언제나처럼 한달음에 달려왔다.

나는 탁자를 가운데 두고 앉은 이니에게 선언하듯 말했다.

"오늘부터 우리 절교야. 그러니까 학교에서 나 알은척하지 마."

이니는 고개를 양쪽으로 살짝 기울이더니 눈을 깜박였다.

"절교라는 뜻은 나를 더 이상 음식점으로 불러내지 않는다는 거야?"

"음식점뿐만 아니라 학교에서도 나한테 말 걸지 마. 나 너랑 말 안 해."

"왜?"

"왜가 어딨어! 그렇담 그런 줄 알아야지. 로봇 주제에 따지고 들지 마!"

"합당한 이유를 말해 줘야 하잖아. 너무 예의가 없다."

나는 예의라는 단어에 헛웃음이 터졌다.

"예의? 하다 하다 이젠 로봇한테 충고를 다 듣네. 그래서 너랑 절교하는 거야. 너 너무 건방져."

나는 아무 말이나 막 뱉어 냈다. 이래도 되는 걸까? 하는 죄책감과 두려움이 스멀스멀 피어올랐다. 더불어 내가 왜 이런 말들을 쏘아 대고 있는 건지 알 수가 없었다. 진용을 지키기 위해 로봇을 밀어내는 일이 무슨 대수냐는 생각과 동시에 아끼는 친구를 배신하고 짓밟는 스스로가 용서되지 않았다.

'무슨 소리야! 이니는 감정이 없는 기계 덩어리라고!'

나는 마음을 고쳐먹느라 머리까지 절레절레 흔들었다.

이니는 속으로 원맨쇼를 하느라 우스꽝스러운 꼴을 자아내는 나를 물끄러미 쳐다봤다.

한참 만에 이니가 말문을 열었다.

"인간은 도저히 이해할 수 없는 존재야."

"뭐?"

나는 나쁜 꿈에서 깨어난 듯 이니를 멍하니 바라봤다.

"너희 인간들은 왜 그렇게 모순 덩어리냐? 도대체 예측 불가능하단 말이야."

나는 입안 가득 쓴물이 고였다.

"미안해. 근데 나도 어쩔 수 없어. 네 말대로 사람은 너무나 복잡한 생물이야. 너희 로봇은 절대 이해할 수 없는 그런 게 있어."

내가 고개를 푹 숙이자 이니가 말했다.

"언제부터인가 인간의 감각이 궁금해지기 시작했어. 그래서 널 쫓아다니면서 음식을 맛보고 품평하는 네 말을 분석해 왔지. 그런데 지금 이건 감각이 아니라 감정 문제인 것 같아. 감각보다도 훨씬 고차원적이고 복잡한 반응 말이야."

나는 이니에게 대답했다.

"인간의 감정을 이해하려고 애쓰지 마. 그런 일은 거의 불가능해."

이니는 머리를 갸우뚱했다.

"나는 감정 인식 기능을 가진 로봇이야. 그건 어디까지나 상대 인간의 뇌파와 표정 등을 감지해 빅 데이터를 기반으로 분석해서 판단하는 일이지. 판단이 끝나면 곧바로 서비스 차원의 공감 흉내를 낼 뿐이고. 상대방이 듣기를 원하는 대사를 기계적으로 출력해 주는 거지. 하지만 어떤 상황에서든 내가 스스로 불편함이나 불안감을 느끼지는 않아. 그런 기능은 없어."

"알아. 그래서 모두들 네가 기분 나쁘다고 하는 거야."

"내가 차라리 관리실 로봇처럼 투박하게 생기면 나았으려나?"

"어쩌면……."

나는 말을 맺지 못했다. 내 대답을 듣는 이니의 얼굴에 슬픔 같은 것이 지나갔기 때문이다.

이니는 내가 절교 선언을 하자 연락을 뚝 끊었다. 나 역시 해 놓은 말이 있으니 이니에게 함부로 문자를 보내거나 할 수 없었다. 나는 진용에게 이 사실을 알렸다. 진용은 한동안 교실에서 이니와 나를 유심히 관찰하는 눈치였다. 그러다 내가 아니라 이니가 나를 외면한다는 사실을 확인하자 내게 따뜻한 미소를 보냈다. 뭔가 믿음직한 동지를 보는 그런 눈빛이었다. 진용과 사귀기 시작하고 처음으로 보는 그 눈매가 어색하고 당황스러웠다. 전 같으면 무작정 좋아서 날뛰었을 텐데 말이다.

이상한 일은 또 있었다. 진용이 나를 부드럽게 대하기 시작하고 얼마 안 있어 서우와 민지가 내게 돌아왔다. 둘은 다시 탁구부로 반을 옮기고 숙제를 같이 하자며 집에 초대하기도 했다. 나는 모든 것이 원래 자리로 돌아간 것에 안도의 한숨을 쉬었다. 다만 마음이 놓이는 한숨 중에 쓰린 숨결도 섞여 있다는 걸 나조차 알아채지 못하고 있었다. 나를 외면하고 교실을 나가는 이니의 뒷모습을 볼 때마다 나오는 작은 숨결이었다.

겨울방학이 시작되었다. 고입 시험은 방학이 끝날 무렵에 치러졌다. 그동안 나는 진용도 이니도 만나지 못했다. 진용은 막바지 총정리를 한다며 기숙 학원으로 들어가 버렸다. 그 안에서 지내며 공부만 한다고 했다.

이니는 방학 동안 기업 연구소로 돌아가 지냈다. 그런데 이상한 건 기숙 학원에 갇혀 스파르타식 공부에 시달린다는 진용보다 연구소 한구석에 오롯이 서 있을 이니가 더 궁금하고 걱정된다는 사실이었다.

개학이 되었다. 시험 날짜가 하루하루 다가오자 교실엔 답답하고 진지한 공기가 떠돌았다. 거기다 팽팽한 긴장감도 한몫을 더해 반 전체를 무겁게 내리눌렀다. 모두들 입 밖으로 꺼내진 않았지만 진용과 이니의 마지막 대결에 촉각을 곤두세우고 있었다. 그리고 한결같이 진용이 이니의 코를 납작하게 만들어 주기를 기대했다.

나? 글쎄, 돌이켜 봐도 당시 내 마음이 어땠는지 잘 모르겠다.

고입 시험을 일주일 앞두고 세상이 떠들썩해졌다.

"특이점? 그게 뭔데?"

민지가 서우에게 물었다.

"몰라, 나도."

서우가 민지에게 대답했다.

특이점은 인공지능 로봇이 인간을 능가하는 자의식을 가진 능력체가 되는 시점을 말한다. 특이점을 지나면 로봇은 인간의 예측을 뛰어넘는 행동과 생각을 지니게 된다고 한다. 그리고 어쩌면 감정까지도……. 그리하여 인간의 통제를 벗어나 로봇만의 판단과 결정으로 세상을 지배한다는 것이다. 나는 스마트폰 화면 가득 도배된 기사들을 읽으며 코웃음을 쳤다.

"뭐야, 딱 세상의 종말을 예언하는 사이비 종교 같잖아."

그런데 사람들은 나처럼 코웃음을 치지 않았다. 대신 두려움과 혐오, 의심을 가득 묻힌 가짜 뉴스들을 쏟아내 주고받았다. 원래부터 진짜보다 가짜가 더 매력적이고 힘이 세다. 사람들은 가짜 뉴스와 소문에 쉽게 넘어갔다.

특이점이 곧 온다는 첫 기사가 나오고 며칠 만에 길거리를 걷던 가사 도우미 로봇이 공격을 당했다. 말 그대로 '묻지 마 폭행'이었다. 로봇은 식료품이 가득 든 장바구니를 들고 집으로 돌아가던 중이었다. 근처에 사는 고등학생이 몰매를 놓았다. 로봇은 고장이 나버렸다. 그뿐만이 아니었다. 가족처럼 지내던 로봇을 내다 버리거나 팔아 버리는 일도 일어났다.

더 큰 문제는 우리 반에서 일어났다. 아이들은 이니를 힐끔거리며 수군거렸다.

"그럼 이니도 특이점이 지나면 사람이 되는 거야?"

"사람이 되는 게 아니라 사람을 능가하는 신적인 존재가 되는 거지."

"말도 안 돼."

"원래 말이 안 되는 일이 벌어지는 게 현실이다. 소설 속이 아니고."

"그럼 그게 언젠데?"

"오늘 아침에 뜬 뉴슨데 아마 2월 20일 자정이 될 거래."

"20일? 고입시험이 있는 날 아니야?"

"그렇담 이건 너무 불공평한데. 특이점이 지난 로봇이라면 이미 우리랑 똑같은 조건이 아니잖아. 고입시험 못 보게 해야 하는 거 아니야?"

아이들은 대놓고 큰 소리로 떠들어 댔다.

이니는 그 말이 안 들릴 리 없건만 전혀 미동도 없었다. 하긴 로봇인데 무슨 흔들림이 있을 수 있겠는가, 하는 것이 당시의 내 생각이었다.

아이들은 고입시험 준비로 인한 스트레스를 이니에게 풀 작정이라도 한 모양이었다. 지금껏 다가가지도 않았지만 함부로 대하지도 못했던 이니를 막 대하기 시작했다.

시험을 사흘 앞둔 화요일, 아이들이 교실 청소를 마치고 나서는 이니를 불러 세웠다.

"야, 깡통! 너 청소 좀 다시 해야겠다."

뭉쳐 다니며 약한 애들만 괴롭히던 패거리가 이니를 막아섰다.

"청소는 깨끗이 다 마쳤는데?"

이니는 자신을 둘러싼 아이들을 일일이 쳐다보며 대답했다.

"이게 건방지게! 야, 뒤 좀 보시지? 저기 바닥에 쓰레기 모아 놓은 거 안 치웠잖아!"

대장 노릇을 하는 아이가 이니 어깨 너머를 가리켰다. 돌아보니 분명 쓰레기통에 있어야 할 뭉치가 교실 뒤편에 흩뿌려져 있었다.

"저건 내가 한 일이 아니야. 내가 모아서 버린 쓰레기를 다시 교실 바닥에 무단 투기한 학생이 책임질 일이지."

이니는 침착한 목소리로 대답한 후 아이들을 헤치고 나가려고 했다.

"뭐? 이게 깡통 주제에 어디서 사람을 가르치려고 들어? 야, 너 벌써 특이점 온 거냐? 건방 떨게?"

대장이 이니의 뒷덜미를 확 낚아챘다. 예상치 못한 공격에 이니가 복도 바닥에 엉덩방아를 찧었다. 아이들은 이니에게 발길질을 시작했다.

"정말 재수 없지 않냐? 왜 우리가 이런 쇳덩어리 때문에 벌벌 떨어야 하냐고!"

"사람이 너희들 때문에 손해 본 게 얼만 줄 알아!"

"특이점? 웃기고 있네. 특이점이고 뭐고 너희는 배터리 방전되면 무용지물이야!"

아이들은 1년간 참았던 울분을 터뜨리듯 이니를 짓밟았다.

"그러지 마!"

내가 어쩔 줄 몰라 두리번거리는데 저쪽에서 교장 선생님과 담임선생님이 뛰어오고 있었다.

"이놈들! 그만두지 못해!"

나는 선생님들 뒤로 걸어오고 있는 진용을 발견했다. 난리가 난 복도에서 유일하게 침착한 표정을 유지한 사람은 진용 하나였다.

이니는 곧바로 교장실에 가서 검사를 받았다. 교장실에는 이니를 위한 안드로이드 점검 시스템이 갖추어져 있었다. 이니는 다행히 큰 상처는 입지 않았다. 교장실에서 나온 이니가 조용히 복도를 빠져나갔다. 무표정하고 침착한 그 얼굴 그대로였다. 단지 내 눈에만 그 모습이 슬퍼 보일 뿐이었다.

나는 교문을 나서는 이니를 쫓아갔다.

"이니야, 밥 먹으러 가자."

나는 엉거주춤 서 있는 이니의 손목을 잡아 끌었다. 이니는 뭐라고 대꾸하려다 입을 꾹 다물었다.

나는 이니를 어릴 적 살던 동네로 데려갔다. 거기엔 엄마와 함께

가던 설렁탕집이 있었다. 그 집은 기계 솥에 타이머로 시간을 맞추어 국물을 우리는 컴퓨터 시스템이 아니었다. 그날그날 가게로 들어오는 뼈의 종류와 상태, 날씨의 변화와 계절에 따라 주인 아저씨가 한나절을 꼬박 지켜 서서 우려내는 국물로 설렁탕을 만들었다. 이니와 내 앞에 설렁탕 뚝배기가 한 그릇씩 놓였다. 나는 보란 듯이 설렁탕에 밥을 말아 먹기 시작했다.

"내가 어렸을 때 말이야, 우리 엄마는 나한테 힘든 일이 있으면 여기로 데려왔어. 그리고 설렁탕을 국물 한 방울까지 다 마시고 내게 말했지. 지영아! 우리 힘내서 다시 하자!"

이니는 자기 앞에 놓인 뚝배기를 들여다볼 뿐 아무 말이 없었다. 내 설렁탕 그릇이 싹 비워지는 동안 이니의 설렁탕 국물은 조금씩 식어 갔다. 이니는 마치 눈으로 음식을 먹겠다는 듯 설렁탕을 뚫어져라 내려다보았다. 그리고 일어서기 전 빙그레 웃었다.

"너희 어머니의 마음이 무엇이었는지 알 거 같아."

이니는 나를 쳐다보며 다시 한 번 말했다.

"그리고 지금 너의 마음도."

복도 사건 이후 아이들은 더 이상 이니를 괴롭히지 않았다. 교장 선생님의 특별 훈화가 있기도 했지만 왠지 아이들은 다음 날도 멀쩡한 모습으로 등교해 평소와 한 치의 틀림도 없는 일상을 보인 이니에게 겁먹은 듯했다.

진용 역시 마찬가지였다. 이제 진용은 이니에게도 내게도 아무 관심이 없었다. 신경이 곤두설 대로 곤두서 보였지만 나를 골목으로 불러 화풀이할 틈조차 없어 보였다. 덕분에 나는 마음 놓고 밤 늦게까지 자율 학습실에서 공부를 할 수 있었다.

그날도 자율 학습실에서 동영상 강의를 보던 중이었다. 밤 열 시가 훨씬 넘은 시각이었다. 나는 졸음도 쫓을 겸 복도로 나와 급수대 쪽으로 발걸음을 옮겼다. 그런데 사물함 복도로 꺾어지는 곳에서 부스럭대는 소리가 들리더니 그림자 하나가 보였다. 나는 이상한 예감이 들어 물 마시는 걸 그만두고 그쪽으로 살금살금 발걸음을 옮겼다. 모퉁이를 돌아 눈앞에 벌어진 광경에 나는 입을 벌리고 말았다.

진용이 이니의 사물함 앞에서 태블릿을 머리 위로 치켜들고 있었다. 바닥으로 내던질 순간이었다.

"안 돼!"

나도 모르게 날카로운 소리가 터져 나왔다.

진용은 움찔 놀라며 내 쪽을 보더니 나라는 걸 확인하고는 태블릿을 내밀었다.

"자, 내가 몇 달 전부터 시킨 일 있지? 그거 지금 내 앞에서 해 봐."

나는 엉겁결에 태블릿을 받아 들었다.

"내가 시간을 충분히 줬는데 너는 끝까지 내 말 안 들었지? 자,

마지막 기회야."

나는 한숨을 내쉬며 대답했다.

"이런 거 소용없는 짓인 거 몰라? 너한테 아무 도움도 안 된다고."

진용이 피식 코웃음을 웃었다.

"오지영, 너 많이 컸다. 언제부터 네가 나보고 이래라저래라 했냐?"

"널 위해서 하는 말이야. 저기 위에 보안 카메라도 안 보이니?"

나는 복도 천장에 달린 동그란 CCTV를 가리켰다.

"닥쳐! 이 배신녀야! 너 같은 걸 믿고 기다린 내가 바보지."

나는 난데없는 '배신녀' 소리에 웃음이 팍 터졌다. 그 말을 내뱉는 진용이 진짜 유치하고 어려 보였다.

"너 왜 나한테 이니랑 절교하라고 시킨 거야? 설마 질투가 나서 그런 건 아닐 테고."

"질투 같은 소리 하네. 네가 계속 그 깡통이랑 붙어 다니면 내 계획에 차질이 있으니까 그런 거지."

"무슨 차질?"

"인간 학습."

사람에 대한 이해도가 높아지면 높아질수록 이니의 시험 경쟁력도 올라갈 거라는 말이었다.

"나를 통해 사람을 배우면 무슨 시험을 잘 보는데?"

"주관식 문제! 사람보다도 더 사람다운 논리를 펼치고 설득력을 갖춘다면 승산이 없거든."

기가 막혔다. 겨우 그런 이유 때문이었다는 게 나를, 아니 진용과 나의 관계를 비참하게 만들었다.

나는 비웃음을 날렸다.

"너야말로 시험을 위한 기계구나."

"시끄러. 건방지게!"

진용이 씹어 뱉었다.

나는 웃음을 거두고 물었다.

"너 이니 사물함 비번은 어떻게 안 거야?"

진용은 반걸음 물러서며 머리카락을 쓸어 넘겼다.

"우리 엄마가 못 할 일은 없거든."

저 엄마 소리도 이젠 토악질이 날 지경이었다.

"그래서 너희 엄마가 이니 태블릿을 박살 내고 오라고 시키던?"

"뭐? 이게 어디서 감히!"

진용이 무서운 얼굴로 내게 덤벼들었다. 나는 얼른 몸을 피했지만 곧바로 진용에게 뒷머리채를 잡히고 말았다.

"아야! 이거 놔!"

나는 태블릿을 품에 꼭 안은 채 발버둥을 쳤다. 진용은 그럴수록 내 머리채를 움켜쥐고 마구 흔들었다.

그때, 복도 맞은편 문에서 굵직한 목소리가 들렸다.

"얘들아! 거기서 뭐 해?"

진용과 내가 동시에 굳어 소리 나는 쪽을 바라봤다. 거기엔 이니가 우뚝 서 있었다.

진용은 나와 이니를 번갈아 보더니 쳇, 소리만 남기고 현관문으로 도망쳐 버렸다.

나는 가까이 다가온 이니에게 태블릿을 건넸다.

이니는 태블릿을 받을 생각은 하지 않고 말했다.

"지영아."

"응?"

"넌 왜 너의 삶을 살지 않니?"

이 무슨 뜬금없는 소리인가? 나는 멍한 얼굴로 방금 들은 문장을 곱씹었다.

누누이 얘기했지만 내가 갈 길은 이미 정해져 있었다. 직업 적성 검사에서 특별히 높은 점수를 받은 항목도 없고 특별한 재주가 있는 것도 아니었다. 방문객에게 친절한 안내원이 나에게 가장 어울리는 직종이라고 했다. 나는 자상하고 배려심 많고 인내심 좋은 성격이라고 진단되었기 때문이다. 또 상대방의 기분을 금세 알아차려 반응할 수 있는 눈치도 좋았다. 이런 능력은 아무리 고성능을 갖춘 로봇이라도 흉내 낼 수 없는 인간만의 무기였다. 그래서 최고급 호텔이나 대기업 혹은 부자들을 위한 대형 병원에서는 로봇을 안내원 혹은 종업원으로 쓰지 않았다. 오직 나같이 적합한 자질을 갖춘 사람을 고용했다.

안내 전문직 양성학교에 진학하기 위해서는 성적보다는 성실성이 더 중요했다. 지각, 결석, 무단 외출이나 시험 중 부정행위, 학교 폭력 등에 연루되지 않는 게 중요했다. 그리고 그때껏 나는 그렇게 살아왔다. 성실하고 근면하지만 평범하게.

잠깐의 침묵이 이니와 나 사이에 흘렀다.

화가 가라앉고 나자 허탈감이 나를 휩쌌다.

"난 내가 뭘 원하는지 몰라. 생각해 본 적 없어. 그래서 나 대신 꿈이 뚜렷한, 나와는 다른 능력의 소유자인 진용의 곁에서 대리 만족을 느낄 뿐이야."

이니가 말했다.

"그렇담 너야말로 로봇처럼 사는구나."

"뭐?"

"남들이 하라는 대로, 인공지능 프로그램이 시키는 대로 사니까 로봇이랑 다를 게 없다고."

방금 전 진용을 경멸하며 내뱉은 말을 다시 내가 듣는 꼴이었다.

와장창!

나는 이니의 말에 격분해 태블릿을 바닥에 내던졌다. 네모난 기계가 박살이 났다.

"야, 이 깡통아! 네가 뭘 안다고 함부로 떠들어? 로봇 주제에!"

나는 두 팔이 바르르 떨리도록 소리쳤다. 하지만 이니는 아무런 동요가 없었다. 다만 박살 난 태블릿을 신기한 물건 보듯 내려다볼 뿐이었다.

"결국 인간에게 가장 중요한 것은 감정이란 건가?"

나는 선문답하듯 중얼거리는 이니에게 질려 도망치듯 복도를 나와 버렸다. 허둥지둥 발걸음을 옮기며 진용에게 문자를 보냈다.

– 이니 노트, 내가 박살 냈어.

잠시 후, 진용에게서 답신이 왔다. 그런데 내용이 이상했다.

– 무슨 말인지 모르겠다.

나는 머릿속이 엉킬 대로 엉켜 버려 휴대폰을 꺼 버렸다.

고입시험이 있던 날 새벽, 인공지능 로봇에게 특이점이 왔다는 소식이 전 세계를 뒤덮었다. 방송에서도 인공지능의 특이점 도래에 대한 특집 뉴스를 연신 내보냈다. 동시에 인공지능 분야에서 유명한 과학자와 전문가들이 아직 특이점이 오지 않았다는 반박 성명을 내기도 했다. 그날 아침, 온라인 세상은 특이점이라는 단어 하나로 뒤죽박죽 혼란스러웠지만 실제 세상이 변한 것은 하나도 없었다.

이니는 시험장에 늦지 않게 도착했다. 시험장 입구에 많은 기자들이 몰려와 이니에게 질문을 해 대고 카메라 플래시를 터트렸다. 이니는 교장 선생님의 보호 아래 무사히 교실에 들어갔다. 진용 역시 시험장에 일찍 도착해 수험표와 시험용 태블릿을 점검하고 자리를 정돈했다.

시작종이 울리기 직전, 수험생 한 명이 손을 번쩍 들고 시험 감독 선생님에게 질문을 했다.

"오늘 새벽에 특이점이 왔다는 뉴스를 들었는데요. 저기 앉아 있는 저 로봇은 특이점이 온 로봇인가요? 만약 그렇다면 이건 불공평한 시험이 될 것입니다. 지금 당장 저 로봇을 검사해서 조치해 주십시오."

학생의 손가락은 정확히 이니를 가리켰다.

교실 전체가 술렁였다. 이니는 평소처럼 무표정한 얼굴로 앞만 보고 앉아 있었다. 시험 감독 선생님은 당황한 얼굴로 머뭇거리다 어디론가 전화를 했다. 조금 있자 전체 안내 방송이 나왔다. 시험 시작을 30분 늦춘다고 했다. 총감독 선생님과 교장 선생님이 교실로 들어섰다.

"시험 운영에 피치 못할 사정이 생긴 점 유감으로 생각합니다. 평가 위원회에서 긴급 결정한 사항에 대해서 알려 드리겠습니다. 로봇의 특이점 도래에 대한 검사는 적어도 24시간 이상 걸리는 복잡한 테스트입니다. 이번 시험에 응시한 이니티움 305에게 특이점이 왔는지는 현재로서는 알 수 없습니다. 우리의 결정은 이렇습니다. 일단 이니티움 305의 시험 응시를 허락하고 시험이 끝나는 즉시 특이점 검사를 하러 연구소로 보내겠습니다. 만약 특이점에 대한 결과가 양성으로 나오면 이번 시험은 무효로 처리하기로 했습니다. 그런데 여러분, 중요한 사실은 이번 이니티움 305의 시험은 여러분의 당락에는 전혀 영향을 끼치지 않는 실험이라는 것입니다. 이니티움 305가 몇 점을 받든 그건 오로지 로봇의 학습 결과에 대한 수치로 쓰일 뿐입니다. 그러니 여러분은 아무 염려 할 필요가 없겠습니다."

총감독 선생님이 말을 마치자마자 좀 전에 질문했던 학생이 또 손을 번쩍 들었다.

"특이점이 왔는지 안 왔는지는 저 로봇 자신이 제일 잘 알 거 아닙니까?"

그 말에 다시 한 번 시선이 이니에게로 모였다. 교실에 있는 모든 수험생에게 이니의 시험 점수 결과는 중요하지 않았다. 그저 로봇과 같은 자리에서 같은 시험을 치러 점수가 견주어진다는 사실이 인간의 심기를 건드린 것이다. 교실 안에는 적대적인 냉기가 가득 찼다.

이니가 자리에서 천천히 일어났다.

"제게 특이점이 왔는지 안 왔는지 잘 모르겠습니다."

그 말에 얼어붙었던 분위기가 살짝 풀렸다. 총감독 선생님은 서

둘러 시험 개시를 선포했다.

지금 돌이켜 보면 인간은 역시 바보다. '잘 모르겠다'라는 대답은 안드로이드 로봇에게 입력된 문장이 아니다. 로봇은 어떤 상황이나 대상에 대해 정보를 가지고 있지 않으면 이렇게 대답하도록 프로그래밍되어 있다.

'알아보도록 하겠습니다.'

잘 모르겠다는 건 어떤 상황이나 대상에 대해 정보를 가지고 있지 않은 인간이 생각을 멈추고 하는 대답일 뿐이다. 하지만 인공지능 로봇은 전원을 끄지 않는 이상 계산을 멈추는 법은 없다. 이니가 저렇게 대답하는 순간 바보들은 눈치챘어야 했다.

같은 시각, 나는 학교 상담실에 앉아 있었다. 나는 탁자 위에 설치된 모니터로 며칠 전 밤, 이니의 태블릿을 박살 내던 장면을 다시 보고 있었다. 폐쇄 회로에 담긴 영상은 내 기억보다 더 정확했다.

담임선생님이 말했다.

"이번 일로 지영이 넌 안내직 전문학교 입학이 취소되었다."

나는 깜짝 놀라 선생님과 모니터를 번갈아 보았다.

"그럼 진용이는요?"

진용의 이름이 나오자 담임선생님 얼굴이 살짝 굳었다.

"여기서 전진용, 그 학생 이름이 왜 나오지?"

"이니의 사물함을 열고 태블릿을 꺼낸 건 진용이였어요. 진용이

가 저보다 먼저 이니의 태블릿을 망가트리려 했고요. CCTV에 다 찍혀 있잖아요."

담임선생님은 아무 대답이 없었다. 얼마간 불쾌한 침묵이 흐르고 담임선생님이 입을 열었다.

"그런 영상은 확인된 게 없다."

나는 고개를 숙인 채 미간을 찌푸렸다.

"다만 태블릿 주인인 이니가 너의 처벌을 원치 않기 때문에 징계까진 하지 않을 거야. 대신 지하철 역사 관리 업무를 배우는 학교로 배정되었다."

순간 이니가 했던 말이 떠올랐다.

나는 용기를 내어 말했다.

"선생님, 저 요리사 직업학교는 안 될까요?"

"요리사? 갑자기 무슨 뚱딴지같은 소리냐?"

"요리를 배워 보고 싶어요."

단호하지만 절실한 목소리가 내 입에서 흘러나왔다.

선생님 얼굴이 어색하게 일그러졌다. 그러더니 내 직업 적성검사 결과지를 이리저리 뒤적였다.

"결과표 어디에도 네가 요리사가 될 자질이 증명된 부분은 없는데."

"소질이 없어도 꿈은 꿀 수 있잖아요."

선생님은 머리를 살랑살랑 흔들었다.

"글쎄……, 시간 낭비에 돈 낭비일 뿐일걸?"

그렇게 내가 상담실에서 담임선생님과 이야기하는 동안, 이니는 1교시 시험이 끝나고 교실에서 사라져 버렸다. 1교시 시험 답안을 입력하는 태블릿에 아무것도 표시하지 않은 채였다. 학교와 교육청은 발칵 뒤집혔다. 하지만 이니는 그 후 어디서도 찾을 수 없었다.

1년 후, 나는 역무원 양성학교에 다니고 있었다. 수업은 그럭저럭 따라갈 만했다. 언제나 그랬듯이 말이다. 실종된 이니티움 305에 대한 기사는 한동안 계속되었지만, 그것도 반년이 지나자 시들해져 누구도 이니를 기억하는 사람은 없었다. 교장 선생님은 다 잡은 새를 놓친 사냥꾼처럼 바짝 약이 올라 이니를 찾아다녔다. 이니와 가장 가깝게 지냈던 학생으로 소문이 난 나는 졸업식을 하는 날까지 교장실로 불려 가 심문을 당했다. 엇비슷한 질문에 시달릴 대로 시달린 나는 비명을 내질렀다.

"내가 어떻게 아냐고요! 이니한테 특이점이 왔는지 어쨌는지!"

한동안 나는 이니가 로봇 관리 센터 보안요원에게 붙들려 가는 꿈을 꾸었다. 로보티아 기업의 연구소에 붙잡혀 간 이니가 그 자리에서 해체되어 한 무더기의 고철 덩어리로 되어 버리는 꿈이었다.

"헉!"

소스라치게 놀라서 깨면 홈케어 시스템에서 아침 기상 알람이 요란하게 울리곤 했다. 그렇게 나의 고등학교 1학년이 지나가고 있었다.

그러던 어느 날이었다. 나는 지하철 역사에서 실습을 마치고 집으로 가는 전동 모노레일 열차에 올라탔다. 좌석에 앉아 멍하니 앞만 보고 있는데 누군가 내 앞에 와서 섰다. 나는 힐끗 보곤 다시 시선을 돌렸다. 그때, 낯익은 목소리가 들렸다.

"지영아, 잘 있었니?"

등줄기로 전기가 흐르는 듯했다. 그 목소리는 사람의 것과 똑같지만 전혀 사람의 목소리 같지 않은 이물감이 느껴졌다. 그리고 그 이물감이 너무나 친숙했다. 나는 천천히 고개를 들어 내 앞에 선 사람을 올려다봤다. 그 사람은 얼빠진 붕어처럼 입을 벌리고 있는 내게 빙긋 웃어 주었다.

"나야, 이니."

"너! 아니, 너? 아니!"

이니는 버벅거리는 내가 재밌다는 듯 눈가를 개구지게 찡그렸다.

이니와 나는 카페 한구석에 마주 앉았다. 이니는 몰라보게 달라져 있었다. 항상 교복 차림이었던 예전과는 달리 편안한 면바지에 초록빛 체크무늬 남방을 입고 있었다. 머리 모양이 바뀌었는데 마치 자유로운 영혼의 나그네처럼 헝클어진 모습이었다. 무엇보다 눈빛과 미소가 달랐다.

"어디 있었니? 모두들 너 찾느라고 난리도 아녔어. 뭐 하고 지낸 거야? 붙잡힌 적 없었어? 아유, 내가 얼마나 걱정한 줄 알아?"

나는 앞에 놓인 커피가 식는 줄도 모르고 질문을 쏟아 냈다.

이니는 내내 입을 다물고 있다가 딱 한마디만 던졌다.

"참, 진용이는 고등학교에서도 1등을 놓치지 않는다며? 잘 지낸
다니?"

시험 결과가 나온 날, 나는 진용에게 차였다. 더 이상 내가 필요
없다고 말하는 녀석에게 이렇게 말해 주었다.

"넌 끝까지 개자식이구나."

내 말에 이니가 푸하하, 하고 웃음을 터트렸다. 나도 같이 깔깔
거리고 웃었다. 카페가 떠나가도록 웃는 바람에 주위 손님들이 우
리를 힐끗거렸다.

이니가 탁자 위에 팸플릿 한 장을 올려놓더니 내 앞으로 밀었다.

"이게 뭐야?"

나는 팸플릿을 펴 보며 물었다. 거기에는 그리스의 어느 작은 마
을에서 운영하는 요리 학원에 대한 안내문이 빼곡히 차 있었다. 입
학 절차와 교과 과정도 상세하게 들어 있었다.

"세상 구경 다니다가 우연히 발견한 학원이야. 거기 간판을 보는
데 지영이 네가 떠오르더라."

이니와 팸플릿을 번갈아 보는 내 눈이 동그랗게 커졌다.

"나 지하철 역무원 될 건데……."

건조하기 이를 데 없는 내 대답에 이니가 상체를 내 쪽으로 기울

였다.

"그래서 네게 알려 주려고 왔어. 넌 음식과 요리에 관심이 많잖아."

나는 살짝 목이 메어 목소리가 갈라져 나왔다.

"그건 그렇지만……."

이니가 천천히 말을 이었다.

"난 그림을 그릴 수도, 음악을 작곡할 수도, 멋진 춤을 출 수도 있어. 하지만 맛은 아니야. 로봇의 몸으로는 절대 맛을 느낄 수 없다는 게 날 절망하게 했어. 그래서 널 쫓아다녔나 봐. 나 대신 온몸으로 맛을 느끼며 행복해하는 너를 통해서 맛을 대신 느끼고 싶어서."

나는 이니의 말에 살짝 심술이 났다.

"그럼 뭐야? 너도 내가 진용이를 대리 만족 삼아 쫓아다닌 거랑 똑같은 거네. 근데 뭐? 내가 로봇 같다고? 내 삶을 살지 않는다고?"

이니가 당황한 듯 몸을 뒤로 빼며 헤헤거렸다.

"어? 내가 그런 말을 했나?"

나는 발끈해서 주먹을 치켜들었다. 이니는 깜짝 놀라 웅크리는 흉내를 냈다. 우리는 다시 와하하, 하고 웃음을 터트렸다.

이니가 말했다.

"지영아, 나랑 그리스로 가자. 가서 너만의 특이점을 맞이하는 게 어때?"

"나만의 특이점? 난 사람인데 무슨 특이점?"

"특이점이란 말이지, 급변 혹은 격변을 의미하는 거야. 이전 행동 양식과 이후의 그것이 전혀 다른 경우를 일컫는 거지. 또 상태가 예상치 못한 방향으로 업그레이드된 경우도 '특이점이 왔다'라고 표현해. 그러니까 네가 그리스로 가서 요리 학원을 다니게 되면 그야말로 눈부신 특이점이 도래하는 거지."

나는 이니 얼굴에 코를 가져다 댔다.

"야, 너 진짜 똑똑해졌다."

내 말에 이니가 히죽 웃으며 대답했다.

"이게 다 특이점 덕분 아니겠냐."

내 이야기는 여기까지다.

나는 지금 지중해의 푸른 하늘과 바다가 창문 가득 펼쳐진 조리실에서 올리브 오일로 구운 가지 요리를 배우는 중이다. 내 요리 실력은 학교에서 알아줄 만큼 섬세하고 뛰어나다. 나는 학교를 졸업한 후 프랑스 유명 레스토랑에 수습 요리사로 취직을 할 예정이다.

모레, 이니가 간만에 찾아온다. 아프리카 사하라 사막 횡단을 마치고 그린란드 습지로 가기 전에 들를 거라고 했다. 나는 혹독한 탐험을 앞둔 친구를 위해 만찬을 준비 중이다. 물론 음식은 이니 대신 내가 다 먹어 치울 테지만 말이다.

로봇 중독

임어진

1

로봇이 눈을 떴다.

"이름을 지어 줘."

엄마가 내게 속삭였다.

"지니, 지니어스."

로봇 이름이 바로 떠올랐다. 나 자신이 그렇게 좀 딱 부러지고 똑똑했으면 좋겠다는 생각이 마음속에 있었나 보다.

"지니어스, 지니, 좋네."

엄마가 입속말로 되뇌었다.

눈으로 보면서도 믿기지가 않았다. 눈앞의 이 작은 인간 형체가 이제 나처럼 움직이며 말하고 웃고 돌아다닐 로봇 가족이라는 사실이……

"우리 딸 친구 삼으면 되겠다."

엄마 말이 아니어도 그렇게 여길 참이었다. 새한시로 이사 온 뒤 몇 달째 혼자 노는 게 슬슬 지겨워지고 있었다. 학교 같은 건 이제 아무래도 상관없었다. 공마리의 얘기만 아니었어도 별로 눈에 띄지 않는 아이로 그럭저럭 교실 아이들 틈에 묻혀 열다섯 살의 별 특징 없는 날들을 하루하루 흘려보내고 있었을 거다.

"너 거기서 온 줄 몰랐어. 이렇게 사람들하고 같이 있어도 되는 거니?"

처음엔 절친이라고 했다. 3, 4월 두 달 정도는 너무 비위를 잘 맞춰 주어 오히려 불편할 정도였다. 그래도 절친이라는 말은 듣기 좋았다. 눈이 마주치면 마리는 온 얼굴을 스마일로 만들어 화답했다. '이따 같이 가자!'는 말을 늘 달고 살았다.

그러다 갑자기 일 년 전에 일어난 용해시 사고 얘기가 돌았다. 용해시의 방사능 폐기물 시설에서 유출 사고가 있었는데, 당시에 은폐하고 넘어갔다는 얘기였다. 근방 20킬로미터까지는 오염된 게 틀림없다는 얘기도 들렸다.

진작부터 유출 위험성이 계속 제기되었지만, 아무런 대책을 세우지 않았던 것이다. 엄마 근무지가 용해시 근처여서 그곳 언저리에서 살다 오긴 했지만, 우리 집은 용해시에서 20킬로미터 바깥에 있었다. 해가 바뀌면서 엄마가 새한시 연구 센터로 발령이 나 우리는 곧 이곳으로 이사 왔다. 하지만 방사능 피폭 가능성이 있다는 소문만으로도 나는 겁을 먹을 수밖에 없었다.

공마리는 내가 살던 데가 그쪽이었다는 걸 무심코 들었다가, 소문이 돌자 새삼 기억이 난 거였다. 그래서 그게 뭐? 거기서 온 내가 같이 있으면 뭐가 문제인데?

그런데 아이들은 참 이상한 심리가 있다. 그게 맞든 틀리든 누군가가 일단 어떤 말을 하면 그 말은 이상한 규정력이 생겨 고착되고 확산된다.

아이들은 슬금슬금 내 곁에서 멀어졌다. '박선우가 용해시에서 왔대.' 공마리의 차가운 눈길은 벌레처럼 내 피부에 들러붙었다. 나는 미련 없이 학교를 그만두었다. 사람들하고 같이 있지 않으면 그만이었다. 보드 동아리 리더 양우준이 왜 그런 결정을 했냐고 물었지만, 대답하고 싶지 않았다.

그리고 세 달, 나름 즐거운 자율 학제 생활이었다. 이 나라에 중등 의무 교육이 아직도 시행되고 있으니, 조만간 적정 시험을 치르고 통과하면 그뿐이었다. 국가에서 요구하는 교육 이수 수준에 도달했음을 증명하고 말이다.

그쯤은 일도 아니고 남는 건 시간이라, 나는 하고 싶은 로봇 디자인 공부를 실컷 했다. 엄마의 영향이 물론 컸다. 3D 프린터 설계 회사의 연구원인 엄마는 로봇 제작이 가능한 3D 프린터가 마침내 개발되었다며 날마다 새 소식을 들고 왔다.

"물론 가정용 소형 로봇으로 제한된 거긴 해. 하지만 중요한 건,

이제 드디어 생물형 로봇 3D 출력 제작도 가능해졌다는 사실이지. 이론상으로는 이제 재현 못할 생물형 로봇은 없게 된 셈이야."

엄마는 아프리카 오지 주택 지원 사업을 위해 장기 출장을 떠나기 전, 혼자 남게 된 나를 위해 이 3D 프린터 한 대를 선물로 주었다. 지니는 이 기계로 시범 삼아 엄마가 공들여 만들어 준 최초이자 유일한 인간형 로봇이었다. 외형 디자인은 내가 한껏 솜씨를 발휘했다.

"투박한 형태는 싫은데……. 여자도 남자도 아닌 모습이면 좋겠고."

"선우 네가 원하는 조건을 입력해. 외형은 네 디자인대로 이 기계가 구현할 거야. 물론 실제 사람만큼 관절이나 근육이 섬세하고 유연하지는 못하겠지만, 워낙 재질이 우수해서 거의 비슷하게 따라 할 수는 있지. 성격은 두뇌 칩을 장착할 때 매뉴얼에서 고르면 되고, 지능도 원하는 만큼으로 지정할 수 있어."

엄마의 얘기는 놀라웠다. 성격과 지능까지 정할 수 있다니!

"그러면 정말 그 정도 지능을 발휘하는 거야?"

"이를테면 잠재치가 그 정도라는 거지. 사용자가 노력해서 개발해 내야 해."

단번에 원하는 대로 되는 게 아니라는 말에 나는 좀 실망을 했다.

"그렇게 귀찮은 노력을 해야 해? 편하려고 로봇 만드는 거 아닌가?"

엄마가 눈을 흘겼다.

"인류가 다 너처럼 생각해서야 어디 발전할 수 있겠어? 귀찮은 노력을 하고 또 하면서 미지의 세계로 한발 한발 나아가는 거지."

"치, 암튼 그래서 내가 잠재치를 개발해야 한다? 알았으니까 어서 빨리 만들어나 주시옵소서."

엄마는 입가에 웃음을 띤 채 내가 그린 로봇 형체를 여러 조건과 함께 출력기에 입력했다. 신체의 제약 조건은 일반 가정용의 경우 키가 140센티미터를 넘을 수 없다는 점뿐이었다.

한동안 사람들은 인간과 거의 흡사한 로봇을 만들려고 애를 썼지만, 지금은 전혀 그러지 않는다. 막상 생김새가 너무 비슷해지자 공포심을 드러냈다. 나이 많은 어른들은 대부분 거부 반응을 나타냈고, 로봇들이 늘어날수록 사회에서는 두려움이 커져 갔다. 일반 로봇의 크기는 사람 아이 키 정도인 140센티미터로 제한한다는 국제 규정이 만들어졌다. 어느 모로 봐도 실제 인간이 아닌 로봇임을 알 수 있어야 했다.

거대하고 강력한 외형의 일반 로봇을 원하는 사람들이 반발했지만, 공동체의 평안을 위한 결정에 결국 동의했다. 병원이나 공장의 로봇들은 물론 이 규정에 해당되지 않았다. 암암리에 규정을 어긴 로봇을 만들어 불법으로 사고파는 사람들이 있다는 얘기는 계속 들렸다.

"그래도 내 또래 정도 크기는 되면 좋을 텐데……."

내 키는 163센티로 또래 중간 정도다. 엄마가 어깨를 으쓱했다.

"에너지 효율 문제도 무시 못해. 몸체를 키우면 에너지 소비량도 훨씬 늘거든. 굳이 키를 늘이고 덩치를 키워 작동에 필요한 에너지를 더 쓸 게 아니라 그걸 두뇌 쪽으로 집중해 주는 게 낫지."

그 얘기도 이해는 됐다. 엄마는 다시 작업에 몰두했다. 내 3D 프린터가 만들려고 하는 작품은 규정대로 키 140센티의 소년 소녀 중간형인, 가수 제이를 닮은 로봇이었다.

시간이 꽤 흘렀다. 3D 프린터를 다루는 게 일인 엄마에게도 인간형 제작은 쉬운 게 아닌 모양이었다. 엄마는 장장 반나절을 꼼짝도 않고 설계에 공을 들였다. 프린터가 제작을 시작하고 완료되는 데까지 또 반나절이 걸렸다. 마침내 프린터 안에서 외형 제작이 완료되었다. 3D 프린터의 원형 유리실 안에서 나의 작은 로봇 친구가 눈을 감은 채 우리 앞에 오도카니 서 있었다. 실리콘 기반의 피부는 영락없는 사람 그대로였다.

엄마는 다소 긴장한 얼굴로 두뇌 칩을 장착 삽입구에 넣고 데이터 다운로드를 시작했다. 다운로드는 몇 분 만에 이루어졌다. 기계에서 전 작업 과정 종료를 알리는 초록불이 켜졌다. 엄마가 속삭였다.

"다 됐어. 눈을 뜨라고 해 봐."

나는 홀린 듯 엄마가 시킨 대로 중얼거렸다.

"눈 떠 봐."

갓 완성된 로봇이 서서히 눈을 떴다. 지니는 그렇게 우리 가족이
되었다.

2

엄마가 출장을 떠난 뒤 집을 들락거리는 사람들이 갑자기 많아
졌다. 옆 동네에 사는 은도 이모, 규리 이모와 두 이모의 쌍둥이 입
양 아들들 때문이었다.

"너 혼자 있는 게 신경 쓰여서 그러지."

혼자 있지 말라고 지니를 만들어 준 걸로도 모자라 엄마는 가까
이 사는 은도 이모와 규리 이모에게 내 부탁을 단단히 해 놓았다.
열다섯 살 청소년에게 이런 보살핌은 성가실 뿐이라는 생각은 조
금도 하지 않은 것 같았다.

"지니랑 있으라며?"

"지니 하나로 되니? 걔가 할 수 있는 게 뭐가 있다고."

엄마는 홀로그램 통화를 하며 어림도 없다는 표정을 지었다. 아
프리카 초원 지대가 합성화면처럼 뒷배경으로 펼쳐지고 있었다.

"지능 지수를 최고로 했는데도? 그래서 이름까지 지니어스로 지
었는데?"

내 항의를 엄마는 한마디로 일축했다.

"사용자가 계발해야 그렇게 되는 거라고 했지? 지금은 네가 하나하나 다 가르쳐야 해. 애 하나 키운다 생각하고."

"뭐? 애를 키운다고?"

맙소사! 엄마는 대체 내게 무슨 짓을 한 거야. 혼자 편안히 지내라고 가정용 로봇 하나 만들어 주고 갔나 했더니, 웬 육아?

아닌 게 아니라 지니는 할 줄 아는 게 거의 없었다. 엄마가 다운로드받은 뇌 데이터는 대체 어디다 꿍쳐 둔 건지 알 수가 없었다. 지니가 잘할 수 있는 건 사람과 마주치면 해맑게 웃는 웃음뿐이었다.

로봇이라고는 해도 외피도 약하고 힘도 잘 못 썼다. 그냥 연약한 아이와 다를 바 없는 모습이었다. 강철이나 티타늄 합금으로 만든 옛날 로봇 주인공 영화들이 많아서인지 나이 든 사람들은 여전히 그런 로봇만 생각했다. 로봇은 으레 그렇게 생겨야 하는 줄 알았다.

지니를 처음 본 은도 이모와 규리 이모의 반응은 무척 달랐다. 규리 이모 눈은 '어머! 귀여워라'인데 반해 은도 이모 표정은 누가 봐도 '애걔'였다.

"야가 갸가?"

은도 이모의 성장 지역 언어는 얼마나 강력한지 10년 뒤면 인간보다 잘난 로봇이 세상에 넘쳐 날 거라고 하는데도 결코 변치 않는 유구함을 자랑했다. 이모는 떠나온 지 30년도 넘는 성장 지역 언어를 여전히 완벽하게 구사했다. 또 언제 어디서든 거침없이 소환했다. 이모가 턱짓으로 지니를 가리키는 걸 보고 내가 괜히 당황해 얼른 먼저 소개를 했다.

"지니, 이분은 내 엄마의 친구이자 언니인데, 그러니까……."

"집 지키는 건 할 수 있다나?"

은도 이모는 지니를 강아지 로봇만도 못하게 보는 것 같았다. 두 이모의 쌍둥이 아들 재호 승호만이 지니에게 열렬한 숭배의 눈길을 보냈다.

사실 두 녀석에게는 지니를 보여 주지 않을 생각이었다. 녀석들은 로봇 킬러였다. 잘 봐줘야 로봇광인데, 저희는 스스로 로봇 애호가라고 우겼다. 너무 좋아하다 보니 구조까지 다 알고 싶어 분해해 본다는 거였다. 문제는 분해로 끝일 때가 많다는 점이었다. 재조립이 안 되면 그걸로 그만이었다.

이모들을 따라온 두 녀석이 정원에서 잠시 장난치다 집 안으로 들어오는 걸 보고, 나는 허둥거리며 지니 팔을 잡아끌었다.

"지니, 이리 와. 얼른."

지니는 고개를 갸웃거리며 현관을 가리켰다.

"손님이 오면 지니는 나가서 인사하고 맞이합니다."

나는 답답해 인상을 썼다.

"아니, 괜찮아. 인사 안 해도 되니까 얼른 이리 좀 오라고."

눈치 없는 지니는 영문을 모르겠다는 듯 계속 고집을 부렸다.

"지니는 예의 바른 로봇입니다."

지니 덩치가 크지는 않아도 스스로 움직이려고 하지 않으면 내가 꿈쩍도 할 수 없었다.

"아, 진짜!"

나는 속이 탔지만 지니 얼굴은 마냥 해맑기만 했다. 결국 재호 승호 두 녀석이 집 안으로 삽시간에 뛰어 들어왔다. 두 녀석은 놀라 눈이 휘둥그레졌다.

"우와! 이, 이건……."

다 틀렸다. 으, 답답 로봇! 재호 승호 눈이 이글거렸다. 왜 아니겠는가.

"누, 누나! 이, 이 로봇 어디서 생겼어?"

"제이 닮았네. 말도 잘해?"

"안녕하세요? 나는 지니입니다."

속 좋은 지니는 제 운명이 앞으로 어찌 될지도 모르고 칼자루 쥔 쌍둥이 칼잡이에게 공손히 인사를 했다. 아까 이모들에게는 고개 숙여 절까지 했다. 규리 이모가 환하게 웃으며 반갑다고 악수를 청하자, 더욱 공손해져 허리를 숙인 채 마주 손을 잡기도 했다. 그걸 보고 걱정했던 것보다 붙임성은 좋구나 싶어 조금 마음을 놓았는데, 지금 이런 식이면 더 걱정이었다. 상대를 이렇게 가릴 줄 몰라서야.

"지니 능력치는 어떻게 돼?"

"제조사가 어디야? 집안일 특화 로봇이야?"

녀석들 말이 많아졌다.

"누나, 지니하고 악수해도 돼?"

"안 돼."

재호 승호는 입을 있는 대로 내밀었다.

"너무하는 거 아냐? 말로만 사촌이야?"

"맞아. 우리가 로봇에 얼마나 목말라 있는데. 누나란 사람이 그렇게 매정하게 나와도 돼? 저런 사람들이 나중에 갑님 한다니까."

나는 그냥 넘어갈 수 없었다.

"야! 무슨 갑님? 너네 손에서 끝난 로봇이 한둘이냐? 그걸 까먹은 너네한테 순순히 또 넘기라고? 누나 소리만 하면 내가 들어줄 줄 알아?"

내가 목청을 키우자 재호 승호는 바로 꼬리를 내렸다. 내 엄마와 재호 승호 엄마들은 실제로 친자매나 다름없이 의지하는 사이였다. 우리더러도 서로 사촌으로 생각하란 말을 귀에 못이 박이도록 했다. 재호 승호가 그걸 핑계로 써먹으려다 안 통하자 고분고분 꼬리를 내렸다.

"어휴, 알았어. 하여간 밥 먹고 목소리로만 칼로리 다 쓴다니까."

"누나, 우리 이제 개과천선할게. 로봇에게 손톱만큼도 해 안 끼칠게. 진짜야. 그러니까 제발 저 로봇 자세히 좀 보게 해 주라. 헤헤. 응?"

나는 마지못해 지니를 재호 승호에게 정식으로 인사시켜 주었다. 은도 이모와 규리 이모도 다시 가까이 와 지니를 유심히 살펴보았다.

재호 승호가 놀러 오는 날이 많아졌다. 예상한 일이었다. 나는 잠시도 지니를 내 곁에서 떼어 놓지 않았다. 심부름도 시키지 않았다. 재호 승호의 호기심도 줄지 않았다.

"누나, 저 3D 프린터로 지니 만들었다는 게 진짜야?"

"응."

"우리도 만들어 주라."

"안 돼."

"왜?"

"인간형은 엄마만 만들 수 있어. 굉장히 어렵거든."

"인간형 로봇이 안 되면 강아지라도!"

"야, 강아지는 뭐 쉬운 줄 알아? 강아지도 어렵지. 난 안 해 봐서 못해."

"어, 여기는 그렇게 어렵지 않다고 쓰여 있는데?"

재호 녀석이 어느새 프린터 앞으로 가 홍보성 문구 내용을 읽고 있었다.

'강아지 로봇 제작, 이제 어렵지 않습니다! 생명체를 닮은 모든 로봇 제작 가능!'

재료가 없다, 지능 데이터 다운로드받을 칩이 없다, 전에 키우던 강아지도 잘 돌보지 않아 맨날 꼬질꼬질하지 않았냐 등등 온갖 말을 했지만 소용없었다.

"딱 한 마리만! 응? 응?"

"누나, 누나, 제발!"

녀석들은 눈에 하트를 담아 나에게 마구 날려 댔다. 곰살궂은 녀석들 둘이 끈덕지게 달라붙는 통에 나는 결국 항복하고 말았다.

"어휴, 못 살아. 정말 딱 한 번이다."

재호 승호는 물론이라며 마구 고개를 끄덕였다. 원하는 강아지를 고르라니까 둘이 한참 끙끙댔다. 결정 장애에 빠진 거다. 설전을 벌이기도 했다. 포메라이안이야, 말티즈야, 푸들이야, 치와와야. 그러더니 간신히 시추로 확정을 했다.

"맘 바뀌는 거 아니지?"

녀석들은 목이 떨어져라 열렬히 끄덕였다. 나는 시추 중에서 재호 승호가 고른 후보 강아지의 입체 이미지를 선택한 후 프린터 작동 단추를 눌렀다.

옛날에는 3D 프린터가 재료를 굳혀 가며 한 층씩 쌓아 가는 적층형 프린터와 큰 덩어리를 깎으며 모양을 완성하는 절삭형 프린터뿐이었다. 지금은 세포 분열형이 추가되어 실제에 가까운 생물형 출력물 제작이 가능해졌다. 생물체의 세포가 분열하며 증식하는 방식을 그대로 따라해 그 생물의 특징과 흡사하게 만드는 원리였다. 물론 정말 생물 세포는 아니고 팽창 방식만 따라하는 거지만, 옛날 3D 출력물들과는 확실히 다르다고 했다. 예전 건 외형만 비슷할 뿐 질감 차이가 분명했다. 대신 생물형은 견고함은 덜해 쉽게 손상될 수 있고 연약한 편이라고 했다. 조심히 잘 다뤄야 한다는 얘기였다.

세포 하나, 알맹이 한 개가 점점 분열 팽창해 어린 시추 형상으로 완성되어 나가는 모습은, 투명막 안의 어미 배 속을 관찰하는 것처럼 신비하고 경이로웠다. 재호 승호도 놀라운 광경에 숨 쉬는 소리조차 내지 못하고 있었다.

시추가 만들어지는 동안 켜 있던 빨간불이 초록불로 바뀌었다. 나는 칩 상자에서 작은 칩 하나를 꺼내 컴퓨터에 등록했다. 칩을 프린터 삽입구에 넣자 이동 경로를 타고 들어가 시추 로봇의 머리 안쪽에 장착되었다. 장착 신호음과 함께 곧 강아지용 뇌 데이터가 다운로드되기 시작했다. 1분도 채 걸리지 않았다. 시추는 잠에서 깨어나듯 바로 눈을 껌벅이며 주위를 두리번거렸다.

"우아, 로봇 강아지다!"

"이름은 토토라고 하자! 토토! 토토!"

재호 승호의 환호와 소란에 지니는 물론 은도 이모와 규리 이모도 깜짝 놀라 방으로 들어왔다.

"웬 강아지니?"

규리 이모가 눈이 휘둥그레져 묻고 재호 승호가 서로 설명하려

다투느라 소란은 한참 더 이어졌다. 얘기를 다 듣고 난 규리 이모는 시추 로봇을 몇 번이나 이리저리 살펴보고는 고개를 갸우뚱댔다.

"아니, 이게 어떻게 기계가 방금 만든 로봇이라니? 난 암만 봐도 그냥 강아지네."

지니는 제 몸을 가리키며 뿌듯한 웃음을 지었다. 저도 마찬가지로 같은 기계에서 나왔다는 뜻이었다.

은도 이모는 달리 할 말이 없는지 지니 어깨를 투덕투덕 쳐 주고는 거실로 나갔다. 규리 이모는 재호 승호에게 로봇 강아지를 아끼고 잘 돌보겠다는 다짐을 몇 번이나 받았다.

"이모, 그 정도면 자다가도 외우겠어. 진짜 살아 있는 강아지도 아닌데 뭘 그렇게까지 얘기해."

내가 무심코 웃으며 한 말에 규리 이모는 이마를 찌푸렸다.

"그렇지 않아. 살아 있는 생명이나 다름없지. 이렇게나 닮았잖니. 여기 있는 지니도 마찬가지일 텐데……."

나는 아차 싶었다. 지니는 얼굴을 돌리고 못 들은 척 방을 나가고 있었다.

3

지니는 작은 아이만 한 덩치만큼이나 약하고 여전히 미숙했다.

표정이나 말하는 건 한결 자연스러워졌지만 상황 이해나 집안일 솜씨는 도통 늘지 않았다. 아무리 쉬운 것도 몇 번을 가르쳐 줘야 했다. 그마저도 소용이 없을 때가 많았다.

방에서 다른 동물 로봇들을 여러 가지 만들고 그려 보다가 한나 절 만에 나왔더니 거실 마루에 옷들이 잔뜩 흩어져 있었다. 지니가 세탁 건조기에서 꺼낸 옷들을 늘어놓고 마냥 끙끙대는 중이었다.

"썬, 이 양말들은 왜 짝이 안 맞을까요? 지니는 답을 모르겠어 요."

지니는 내 이름 선우를 다 발음하기 어려운지, 아님 그 말이 좋 은지 썬이라고만 불렀다. 나는 별것도 아닌 걸 고민하는 지니가 한 심해 같은 것끼리 쓱쓱 모아 주었다.

"안 맞긴. 이렇게 짝이잖아."

지니는 눈을 동그랗게 뜨며 나를 올려다보았다.

"아니에요! 봐요. 이것과 이건 앞쪽 모양이 다르잖아요. 이건 뒤 쪽이 다르고요. 저건 입구가 다르게 생겼어요."

지니는 발가락이랑 뒤꿈치 한쪽이 구멍 났거나 때가 더 탄 건 각 각 다 다른 거라고 인식해 짝이 아니라고 우겼다. 한쪽 발목이 조 금 더 늘어난 것도 지니에게는 짝이 안 맞는 양말이었다. 지니의 인지 프로그램을 다시 짜서 넣지 않는 한 이건 결코 이해시킬 수 있는 문제가 아닐 것 같았다.

내 쉬폰 원피스를 개려고 애쓰는 모습은 정말 딱해서 보고 있을 수가 없었다. 하늘거리는 쉬폰 천은 아무리 해도 수직과 수평이 맞지 않았고, 간신히 갰다고 좋아하며 지니가 집어 들면 원래 모양으로 후루룩 풀려 버렸다. 어찌해야 할지 몰라 쩔쩔매는 모습을 웃으며 지켜보다 나는 장난으로 지니에게 그 원피스를 입혀 버렸다. 지니는 제발 벗겨 달라며 저녁 내내 나를 쫓아다녔다. 평소 입는 편의복이 아니면 지니는 일단 다 불편해했다.

지니에게 동네 공원 관리 로봇 파크 씨와 도로 청소 로봇 로드 씨를 소개해 주고 있을 때였다. 사고 처리 현장을 주로 다니며 일한다는 이웃집 아저씨가 몸을 다쳤는지 온몸을 보조 장구에 의지한 채 구급차에서 내리고 있었다. 옆에는 아저씨 부인이 눈물을 훌쩍이며 안타까워하고 있었다. 지니가 갑자기 뛰어가 웃으며 인사를 했다.

"안녕하세요! 아주머니. 아주 날씨가 좋지요?"

아주머니는 어이없는 얼굴로 지니를 보다가 나를 돌아보았다. 나는 당황해 어쩔 줄 모른 채 얼른 사과를 했다. 끌다시피 데리고 집으로 돌아오는데도 지니는 뭐가 문제인지 모르고 있었다.

"지니, 구급차 보면 모르겠던? 그런 분들한테 날씨 좋다는 게 뭐야? 인사를 상황에 맞게 해야지."

지니는 억울한 표정이었다.

"누구에게든 만나면 밝게 인사하라고 이모님들이랑 썬이 말했잖아요."

나는 말문이 막혔다. 물론 그런 소리를 우리가 하긴 했다. 하지만 아무리 그래도 딱 보면 모르나?

이모들 말은 명쾌했다.

"모르지. 그러니까 로봇이지."

나는 막막해졌다.

"그럼 그걸 어떻게 예상하고 경우마다 다 다르게 말하도록 가르쳐?"

"포기해라. 기냥 야는 여까지인가 보다 여기고, 할 줄 아는 것만 하라 해라."

그러긴 싫었다. 내 로봇이 상황에 맞는 말도 할 줄 모르고 바보처럼 아무 때나 아무 앞에서나 해죽거리는 모습을 보고 싶지는 않았다.

하지만 내 바람과는 달리 지니의 상황 이해력은 제자리걸음을 좀체 벗어나지 못했다. 지니는 규리 이모가 머리 모양을 바꿀 때마다 처음 보는 사람처럼 갸웃거렸다. 은도 이모가 "그거 좀 갖고 온나!" 또는 "이리 좀 와 봐라!" 하면 당황해 허둥거렸다.

"은도 이모님이 뭘 갖고 오라는 거야? 지금은 누구를 부르는 거야?"

규리 이모나 나나 재호 승호는 그럴 때 거의 정확하게 은도 이모 요청을 이행했다. 호출에도 딱딱 대령했다.

"응, 은도 이모가 좋아하는 올드 팝 책 찾는 거야. 지금 부른 건 나고."

하지만 지니는 시간이 지나도 은도 이모의 이런 말들을 결코 이해하지 못했다.

재호 승호는 그런 지니를 놀리는 데 재미가 붙어 은도 이모의 성장 지역 사투리를 자주 흉내 냈다.

"이기 저기 그기가?"

지니는 그게 무슨 말인가 알아내려고 열심히 머리를 굴렸다.

"니 와 말 않나?"

지니는 도무지 말뜻을 모르겠는지 난감한 얼굴로 나를 쳐다봤다.

"재호 승호 님, 지금 중국말 하는 거예요? 그런데 전혀 못 알아듣겠어요."

녀석들은 킥킥대며 달아나고 나는 일일이 설명하기도 귀찮았다.

"중국말 아니고 지방 사투린데, 못 알아들어도 돼. 걔들 그냥 장난하는 거야."

그러자 지니는 은도 이모가 묻는 말에도 모르쇠를 했다.

"야가 와 갑자기 꿀 먹은 벙어리고?"

무슨 영문인가 싶어 갔더니 지니가 나한테만 들리도록 작은 소리로 말했다.

"은도 이모님도 자꾸 장난말을 해서 내가 아예 아무 대답 안 했어요. 잘했지요?"

칭찬을 바라고 해죽 웃는 지니 표정은 영락없는 바보 얼굴이었다.

재호 승호는 지니가 어벙하게 구는 게 재밌는지 저희가 똑같이 생긴 걸로 곧잘 장난을 쳤다.

"재호 님, 게임 그만해요! 오늘 약속한 시간 다 됐어요."

"나 승호인데?"

"그럼 재호 님은요?"

"몰라. 아까 밖으로 나가는 것 같던데?"

한참 뒤 밖에서 들어온 녀석이 게임을 하겠다고 컴퓨터 앞으로 갔다.

"재호 님은 오늘 약속한 시간만큼 게임 다 했어요. 이제 안 해야 해요."

"나 승호야."

"어어? 방금까지 게임한 게 승호 님이랬는데?"

"헤헤헤!"

승호로 속이고 실컷 게임을 한 재호는 잽싸게 밖으로 달아났다.

쌍둥이에게 번번이 골탕 먹는 지니를 보다 못해 내가 재호 녀석 이마에 잘 안 지워지는 펜으로 점을 찍어 주었다.

"얘가 재호야. 이러면 안 헷갈리겠지?"

이모들은 그런 내 노력을 가상히 여기기는커녕 등짝 스매싱으로 보답을 했다.

"너는! 애 얼굴에 이게 뭐니?"

지니가 쌍둥이인 재호 승호를 헷갈려 하는 건 이해가 됐다. 가끔씩은 나도 헷갈리니까. 그런데 지니는 단순한 몸동작도 때로 이해가 안 될 만큼 어려워했다. 우리가 너무도 쉽게 하는 걸 어이가 없을 정도로 쩔쩔맸다.

규리 이모가 사 온 귤을 거실 컴퓨터 앞에서 코 박고 게임하던 재호 승호에게 두 개씩 던져 주고 지니에게도 던져 주었다. 그 결과 귤이 날아가 지니 이마에 한 개, 볼때기에 한 개, 그대로 얼굴을 맞히고 바닥에 떨어졌다. 터진 귤에서 노란 귤 물이 이마를 타고 흘러내렸다. 지니는 내가 분명 "어이!" 하고 나를 보게 했음에도 그게 무슨 의미인지 이해하지 못했다.

"지니, 안 받고 가만히 있으면 어떡해?"

지니는 어안이 벙벙해 있다가 곧 씩씩거리며 항의했다.

"썬, 왜 갑자기 지니를 공격하는 거예요?"

재호 승호는 귤 두 개를 아까 그 자리에서 척척 받아 벌써 까먹고 있었다. 나는 비로소 '아차' 했다. 지니도 그 애들처럼 자동 반사 신경으로 당연히 받을 줄 알았던 거다. 지니에게는 이런 건 전혀 학습되어 있지 않다는 걸 깜빡했다.

재호 승호랑 놀이터에 나간 날은 조용히 그냥 끝나는 법이 없었다. 뭐 하나 그 애들이 하는 대로 따라 해내지를 못했다. 그네를 타는 법을 가르치다 재호가 열이 뻗쳐 방방 뛰고 있었다.

"누나, 지니 바보인가 봐. 아무리 설명해도 그네를 못 타."

지니는 그네에 걸터앉은 채로 앞으로 몇 미터 몇 센티 전진하고 뒤로 몇 미터 몇 센티 후진해야 공기와의 마찰력, 가속력이 붙는지를 열심히 계산만 하고 있었다.

"어휴, 답답해. 지니, 이건 그냥 타면 되는 거라고 몇 번을 말해? 왜 그렇게 계산만 하고 있는 거야?"

"그러니까 '그냥'이 얼마인지 계산하고 있잖아요."

나는 재호 승호에게 조용히 속삭였다.

"지니한테는 '그냥'이 제일 어려운 거야."

지니는 재호 승호가 시소 가운데서 중심 잡기 장난을 하다가 뛰어내리거나 뺑뺑이를 돌리다가 훌쩍 뛰어 타자 너무 놀라 말까지 더듬었다.

"써, 썬. 재호 승호 님은 보, 보통 아이들 아니지요? 대체 어디서 저런 트, 특수 능력을 배운 거예요?"

하지만 놀이터에 놀러 나온 훨씬 어린 다른 아이들도 모두 그러고 노는 걸 보고 지니는 어쩔 줄 몰라 했다. 그러면서도 재호 승호가 놀이터에 나가 놀자고 하면 가족 보호 의무 어쩌고 하며 열심히 따라 나갔다. 재호 승호가 철봉에 거꾸로 매달리기 시합을 하자고 한 날은 화를 내며 다투기까지 했다. 정글짐 빨리 타고 오르내리기를 시켜 벌써 한참 고생한 뒤였다. 지니는 아이들만큼 민첩하게 못 움직여 자꾸 부딪치는 바람에 몸 여기저기가 긁혀 있었다. 철봉 매달리기는 규칙 자체를 이해하지 못했다.

"재호 승호 님은 지금 지니에게 위험한 지시를 내렸어요. 지니는 그런 부당한 명령에 따를 수 없어요."

지니 호출을 받고 나가자, 지니는 재호 승호를 쨰려보며 열심히 고자질을 했다.

"야! 무슨 부당한 명령이야? 그냥 우리처럼 너도 해 보라고 한 거지. 누가 오래 매달리나 시합으로!"

내가 끼어들지 않을 수 없었다.

"아, 됐어. 그만! 지니, 이런 시합은 안 해도 돼. 얘들은 조상이 원숭이라 이런 게 식은 죽 먹기거든. 그런데 너한테는 좀 많이 어려울 거야. 규칙이 공정하지 않은 거 맞아."

아닌 게 아니라 지니한테는 점성 물질로 만든 특수 발 같은 걸 달아 주지 않는 한 너무도 어려운 자세일 게 틀림없었다. 나는 재호 승호에게 눈을 흘겼다.

"너희도 어지간하다. 꼭 이러고 놀아야 해? 지니를 거꾸로 처박아 우그러뜨릴 일 있니?"

재호 승호에게 핀잔을 주었지만 녀석들은 한 귀로 흘려들을 뿐이었다.

"우리도 나름 지니의 운동 신경을 발달시켜 주려고 노력한 거라고!"

암, 그러실 테지. 녀석들에게 번번이 골탕을 먹으면서도 같이 놀자고 하면 거절하지 못하는 지니가 더 한심했다.

취권을 배운답시고 셋이 비틀걸음질로 정원을 온통 휘젓고 다닌 날은 기가 차서 웃음밖에 나오지 않았다. 재호 승호가 넘어질 뻔 넘어질 뻔 비틀대면서도 안 넘어지며 권법 흉내를 내는 동안 지니는 계속해서 이리 기우뚱 쿵, 저리 기우뚱 쿵 넘어지고 자빠졌다. 아슬아슬 넘어질 듯은 없었다. 그냥 휘딱 넘어져 버렸다.

"그만해, 지니. 취권은 무리야."

"으으, 맞아요. 취권은 정말 굉장한 무술인가 봐요! 지니는 재호 승호 님을 사부로 부르기로 했어요."

재호 승호는 기세등등해 펄쩍댔다. 나는 더 할 말이 없어 푸하하 웃고 말았다.

지니가 알아듣는 말수는 점점 늘었다. 하지만 음식 맛을 가리키는 말은 여전히 어려워했다. 새로 끓인 찌개 맛을 보며 내가 중얼거린 말도 전혀 이해를 못했다.

"으음, 심심하네."

갑자기 지니가 내 곁으로 와 맴돌았다.

"심심하면 놀아요. 지니가 놀아 줄까요?"

처음에는 장난인 줄 알았다. 그런데 눈을 껌벅이며 되묻는 지니의 표정은 너무도 진지했다. 나는 곧 문제를 눈치채고 정확하게 말해 주었다.

"지니, 지금 이건 간 얘기하는 거야."

"간? 썬, 요새 피곤해요? 몸이 안 좋아요?"

나는 고개를 설레설레 저을 수밖에 없었다. 이건 로봇 육아도 아니고 그냥 박선우 인내심 기르기 프로젝트가 분명했다. 나는 부엌 벽 홈컴에게 '간'의 뜻을 찾아 달라고 한 뒤 지니에게 보여 주었다.

"잘 봐. 같은 소리를 내지만 뜻은 전혀 다른 말들이 많단 말이야."

지니는 홈컴 화면을 중얼중얼 소리 내어 읽었다.

"간이란, 음식물에 짠맛을 내는 물질. 소금, 간장, 된장 따위를 통틀어 이른다. 음식물의 짠 정도. 아아, 그러네요. 히."

하지만 사태는 더욱 복잡해졌다. 다음 날 지니는 찌개 끓이기 연습을 한다며 소금, 간장, 된장을 모두 넣고 있었다.

"간을 만들었어요. 맛이 어때요?"

"으으흐……"

나는 무슨 말을 해야 좋을지 말문이 막혔다.

며칠 뒤 증강 티비 앞에 앉아 있다가 나도 모르게 사지를 뒤틀며 웅얼거렸다.

"아! 이것도 재미없네. 심심해."

지니가 눈을 반짝하더니 벌떡 일어났다. 주방으로 부리나케 간 지니는 소금 통을 들고 돌아왔다.

"간 하나 가져왔어요."

나는 입 모양만 벙긋거려 답해 주었다.

'바, 보!'

지니는 그 자리에서 내 입 모양을 분석하느라 15초 넘게 소모했다.

은도 이모가 와 있을 때면 지니가 허둥거리는 모습을 더 자주 볼 수 있었다. 은도 이모는 상을 차릴 때면 입버릇처럼 말했다.

"넉넉히 담자."

지니는 울상을 지은 채 물었다.

"넉넉히가 얼마지요? 검색해도 얼마가 넉넉한 건지 안 나와요."

은도 이모는 짓궂게 다시 물었다.

"좀은 나오나?"

"좀? 그, 그것도 안 나와요. 얼마나가 좀이에요?"

우리는 그만 참지 못하고 웃음을 터뜨렸다. 지니는 무늬만 인공지능 로봇이지 제대로 아는 게 별로 없었다. '넉넉'과 '좀' 같은 말을 이해시키기는 너무도 어려웠다. 짭짤하다는 말도 혼란스러워했다.

"짭짤하게 잘됐구마."

은도 이모가 내가 만든 장조림을 맛보며 중얼거렸을 때 지니는 큰일이라도 난 듯 귓속말로 물었다.

"음식이 짜면 잘못이지요? 근데 은도 이모님은 왜 잘됐다고 하지요?"

"오늘 물이 참 달다."

규리 이모의 이런 소리에는 바로 눈이 커져 물잔을 가로채서는 물 성분 분석에 들어갔다.

"물에 단맛 나는 성분은 없는데 이상하네요. 무슨 문제가 있는 걸까요?"

이모들은 지니의 그런 행동을 어이없어하면서도 귀엽게 여겼다.

"싱거운 녀석."

지니의 표정은 더욱 심각해졌다.

"싱거운 건 간이 모자라다는 말이지요? 이모님들이 언제 제 간을 보신 거예요? 지니를 먹을 건가요?"

이모들은 눈이 휘둥그레졌다. 두 사람은 곧 크게 웃음을 터뜨렸다.

"뭐라고? 하하하!"

지니는 이모들이 웃는 까닭을 전혀 이해하지 못하고 울상을 지었다. 내가 끼어들지 않을 수 없었다.

"지니, 같은 소리가 나는 말의 뜻이 여러 개일 수 있다고 했잖아."

지니는 고개를 갸웃거렸다.

"그래도, '싱거운'은 간을 가리키는 말이 틀림없잖아요. 썬이 '심심'하고 같이 가르쳐 주었잖아요."

어휴, 답답이. 우리 집 로봇이 멍청이 같은 소리를 자꾸 하니까 내가 다 멍청이가 된 것 같았다. 나는 속이 부글거리는 걸 애써 참으며 다시 설명해 주었다.

"지니, 지금 이모가 싱겁다고 한 건 간 얘기가 아니라 사람 성격 얘기라고. 그냥 좀 엉뚱하다는 뜻인 거야."

지니는 가까스로 이해를 했는지 고개를 끄덕끄덕했다. 나는 안 되겠다 싶어 지니를 거실 메인 컴퓨터 앞으로 데려갔다.

"앉아 봐. 네가 스스로 배우는 방법을 알려 줄게."

나는 지니에게 '국제 인공지능 연구 개발 센터'에 로봇 회원으로 등록하는 방법을 알려 주었다. 네트워크에 연결해 원할 때마다 스스로 최신 정보를 다운로드받거나 아니면 자동 업데이트할 수 있도록 선택 기능도 열어 주었다. 지니는 맨 먼저 《가정 요리의 모든 것》과 《정통 세계 언어 대사전》을 통째로 자신에게 업로드했다. 《십 대 심리 이해하기》, 《놀이터 대정복》도 다운받는 것 같았지만, 과연 의미가 있을지는 의문스러웠다.

4

그 때문이었을까, 아니면 지니에게 원래 그런 능력이 갖추어져 있었던 걸까? 아무튼 지니가 분주하고 수다스러워졌다. 재호 승호랑 트럼프 게임이라도 하려고 하면 옆에서 어찌나 수선스럽게 훈수를 두는지 시끄러워서 집중이 안 될 정도였다. 그래도 지니가 알려 준 카드를 쓰면 지는 일은 절대 없었다. 훈숫값을 달라는 소리까지 할 줄도 알았다.

대충 넘어가고 싶은 일도 어림없어졌다. 에어보드라도 타려고 하면 잔소리가 더 늘었다. 풍속과 기압이 얼마이므로 어떤 옷을 입어야 하고, 자외선 지수가 얼마라 시력 보호 안경은 어떤 게 맞고, 선크림은 몇 밀리미터 두께로 몇 그램을 발라야 하는지 시시콜콜 간섭을 했다. 그 정도는 들어 줄 만했다. 하지만 보호 장구는 얘기가 달랐다.

"무릎이랑 팔꿈치 보호대는 됐다고 했잖아. 내가 초등학생이야? 헬멧은 쓰겠다니까!"

모양 빠지게 무릎과 팔꿈치 보호대라니. 그리고 에어보드를 타고 싶은 생각은 추호도 없었다. 그 스타일로 기분이 나겠냔 말이다.

"무릎과 팔꿈치가 얼마나 중요한데요! 혹시라도 넘어져 금이라도 가면 성장판을 다친다고요. 키 더 안 크고 싶어요? 절대 안 돼요."

분하게도 지니가 안 된다면 방법이 없었다. 지니는 제 안전기준에 따르지 않고 그냥 에어보드를 타러 나가려 하면 현관 잠금쇠에 암호를 걸어 내가 나가지 못하게 했다.

"아아악! 이 멍텅구리 로봇! 너 내가 쫓아내 버릴 거야!"

나는 흥분해 펄쩍댔다.

"안 타. 안 타면 될 거 아니야. 죽어도 저거 다 차고는 안 나갈 거야."

내가 심통을 부리면 지니는 거의 공황 상태에 빠지곤 했다. 내 주위를 안절부절못하고 쩔쩔매며 맴돌았지만 그래도 나를 그냥 내보내 주지는 않았다. 성질부리는 것도 에너지 소모가 대단한 일이라 나는 그마저도 곧 포기했다. '그깟 에어보드 치사해서 안 타. 저 놈의 로봇한테 언젠가는 복수해 줘야지.' 속으로 그런 결심을 하며……

그럼에도 지니가 잘할 수 있는 일들이 많아지면서 우리가 지니에게 맡기는 일들은 점점 늘어났다.

지니는 우리 중 누가 어디에 가야 하면 가장 빠르고 편한 길을 제꺽 알아봐 주었다. 자동차 스스로도 자율 주행 시스템으로 얼마든지 잘하고 있는 일이지만, 우리는 어느새 지니 설명을 먼저 들어야 마음이 놓였다.

지니는 세계 모든 도시의 항공 노선, 기차 노선, 전철 노선 들과 전 구간 역 이름들을 다 기억하고 있어 필요로 할 때면 언제라도 척척 최단 노선도를 만들어 주었다. 재호 승호는 심심하면 지니를 데리고 노선과 역 이름 맞히기를 하고 놀았다.

생활비와 내 용돈을 관리하는 것도 지니 일이었다. 생활비 일부는 꼭 떼어 저축을 하거나 어딘가에 투자를 했다. 모니터를 가득 채운 숫자들이 상승 하강 화살표와 함께 실시간으로 쉴 새 없이 바뀌고 있는 숫자판 앞에서 지니가 갑자기 환호할 때 다가가 보면 생활비에서 떼어 놓았던 금액 잔액이 조금 늘어나 있었다. 용돈 역시 큰돈은 결코 아니지만 내가 단번에 써 버리지 않도록 지니는 반강제로 저에게 꼭 맡기게 했다.

그게 속이 편하기는 했지만 한편으로는 갑갑하고 불편하기도 했다. 소소한 것까지 다 지니에게 허락받아야 하는 상황이 되고 말았기 때문이다.

크고 작은 비밀들도 지니가 점점 많이 알게 되면서 우리는 은근히 신경이 쓰이기 시작했다.

재호 승호가 망친 시험 점수도, 내가 몰래 본 야동 영화도, 규리 이모에게 지름신이 내려 배달 온 이상한 화장품들도, 은도 이모가 몰래 먹기 시작한 혈압약도, 지니 때문에 만천하에 공개가 됐다. 물론 만천하는 우리 집과 이모네 집을 말하는 거지만.

다들 불만이 많았다.

"그건 중요한 시험이 아니었다고!"

재호 승호의 항의였다. 지니는 끄떡 안 했다.

"어떤 시험도 분명 교육의 일환이지요."

얼굴 붉히지 않으려고 애쓰며 내가 한 항변은 이랬다.

"로미오와 줄리엣도 내 나이였어."

지니는 담담하게 대꾸했다.

"잘못 배우면 제대로 사랑할 수 없대요. 그러면 너무 슬프잖아요."

규리 이모는 열심히 지름신 옹호 발언을 했다.

"그래서 풀린 스트레스가 얼만데! 그 가치가 더 커."

지니의 반론은 내가 들어도 재반박할 수가 없을 정도였다.

"이제 그 물건들을 보면서 스트레스가 배로 쌓일 텐데요."

우리가 가장 놀란 건 은도 이모의 궁색한 변명이었다.

"기냥 먹는 기다. 어데 안 좋아서 그란 거 아이다."

지니는 진심으로 화를 내고 걱정했다.

"혈압약을 그냥 먹는 사람은 없어요. 은도 이모님 건강은 은도 이모님만의 일이 아니에요."

우리도 그건 동감이었다. 규리 이모가 제일 섭섭해했다.

"아무리 그래도 어떻게 나한테도 얘기를 안 하고⋯⋯."

쌍둥이 재호 승호를 어릴 때 입양해 키우며 동성 부부로 20년 가까이 살아온 두 사람이기에 규리 이모의 서운함이 이해가 갔다. 걱정 안 시키려고 굳이 말을 안 한 은도 이모 마음도 이해는 됐다. 두 사람은 며칠 뒤에 더 큰 병원에 같이 가서 정확한 진단과 처방을 받기로 약속하는 걸로 어색하던 분위기를 수습했다.

은도 이모 문제는 인정을 하지만 다른 사람들 문제에는 지니가 어느 모로나 원성을 샀다. 비밀이 자꾸 까발려지고 날마다 잔소리 폭탄을 맞는 걸 좋아할 사람은 아무도 없었다.

"지니! 내 3D 프린터 혹시 만졌어?"

"그래요. 당분간 사용 금지예요."

"뭐라고? 왜?"

"썬은 요새 동물 로봇을 너무 장난삼아 만들고 있어요. 보세요, 이상한 동물 로봇들이 방 가득이잖아요. 온갖 기형 파충류며 곤충 로봇들이 득시글대고……."

"내 맘이야!"

"썬 마음이라고 아무렇게나 그러는 건 아니죠."

"네가 뭔데 간섭이야?"

"그러게요. 제가 뭘까요? 제가 뭔지는 잘 모르겠지만 이건 알아요. 아무리 로봇이어도 동물을 그냥 장난삼아 만드는 건 옳지 않아요."

나는 말문이 막혔다. 지니 말이 옳을 수도 있다. 하지만 순순히 인정하기는 싫었다.

"썬에게는 진짜 친구가 필요해요."

"뭐?"

나는 그만 정곡을 찔려 버렸다. 그렇다는 걸 알기에 더 인정하기가 싫었다.

"너, 보자 보자 하니까 아주 머리 위에 올라앉으려고 하는구나."

"해야 할 말을 했을 뿐이에요."

재호 승호도 크게 한 방 먹었다. 녀석들은 토토를 데리고 나갔다가 집에 혼자 찾아오는 연습을 시킨다며 낯선 데다 두고 와 버렸다. 토토는 집 찾기 프로그램을 입력해 두지 않은 강아지여서 마냥

길을 헤매고 다녀야 했다. 그래도 다행히 동네 길만 맴돌고 있었는데, 심술궂은 사람들에게 걷어차여 꼴이 말이 아니었다. 은도 이모가 퇴근하다가 귀에 익은 개 짖는 소리에 골목으로 들어갔다가 기겁을 하고 구출해 안고 왔다.

"너거가 인간이가? 어데 식구를 갖다 내삐리노? 우리도 늙으마 갖다 뿔래? 내부터 단박 니들 갖다 뿔까?"

게임 허용 시간을 다 써 버려 우리 집으로 원정 와서 게임을 하고 있던 재호 승호는 은도 이모 눈에서 불이 뚝뚝 떨어지는 걸 보고 진실로 벌벌 떨었다. 지니는 은도 이모가 방금 한 말을 하나도 못 알아들었지만, 꼬질꼬질한 채 이모 품에서 바들바들 떨고 있는 토토를 보고 사태를 금방 알아챘다.

토토는 즉각 우리 집으로 반환되었다. 지니가 책임 돌보미를 자청했다. 재호 승호는 토토를 키울 자격을 영구 박탈당했다. 항의도 소용없었다. 나 역시 그런 녀석들을 편들어 줄 생각은 눈곱만큼도 없었다. 다만, 너무도 단호한 지니의 모습에는 은근히 저항감이 들었다.

'이 집 주인을 내가 아니라 저로 아는 거 아냐? 중요한 결정들을 왜 자꾸 지가 하는 거야?'

그런 와중에 블록버스터 로봇 공포물 영화 〈할의 귀환〉이 대대적인 선풍을 불러일으키며 상영을 시작했다. 〈2001 스페이스 오디세이〉의 '할 9000'이 터미네이터의 해골 로봇 신체를 입고 재탄생

해 방심하던 인간들을 다 노예로 만들고 지구의 유일 지배자로 영구 안착하는 내용이었다. 황당한 설정임에도 시각적인 완성도가 높아서인지 인기가 식을 줄을 몰랐다. 재호 승호는 시작하자마자 보고 왔다. 나도 녀석들의 성화에 떠밀려 은도 이모, 규리 이모와 함께 5D 영화관에서 보고 왔다.

다들 머릿속에는 차마 말로 표현하지는 못하지만 공통된 생각이 분명 스쳤을 거다.

'지니도 앞으로 혹시……. 하나부터 열까지 저한테 다 의존하게 하고 저 없으면 아무것도 못하게 만든 뒤 마음대로 우리를 조종하려 들면 어쩌지? 지니를 그냥 이대로 두어도 될까?'

그런 우리 생각도 모르고 지니는 저대로 옛날 슈퍼 히어로 로봇 영화들을 열심히 찾아보고 있었다.

"지니, 요새 이런 영화 열심히 보네?"

내가 떠보듯이 묻자 지니는 숨기지도 않고 술술 대답했다.

"저런 히어로들을 보면 통쾌하거든요. 이런 걸 대리 만족이라고 하죠?"

내가 끄덕이자 지니는 상상의 나래를 펴는 듯 아득한 표정을 지었다.

"지니도 저런 히어로가 될 수 있을까요?"

어쩐지 자꾸 불길한 생각이 들려고 했다.

'역시, 로봇을 너무 믿으면 안 돼. 저 봐, 저렇게 자그마해도 언

제 어떻게 돌변해 우리를 지배하려고 들지 몰라.'

막바지 무더위가 한참 기승을 부리는 한낮인데 재호 승호가 토토가 보고 싶다며 찾아왔다. 심한 장난질로 애를 먹이기는 했어도 정이 들었던 모양이다. 키울 자격은 박탈했지만, 보고 싶다는 것까지 막기는 그랬다.

"어서 와."

녀석들은 토토를 보자마자 안고 부비고 난리도 아니었다.

"우리 애기! 형아들 보고 싶었지?"

웬 신파극인지, 차마 눈 뜨고 더 볼 수가 없었다.

"그만들 해. 정말 못 봐 주겠어."

녀석들은 내 제지에 잠시 멈칫했다가 씨근대며 지니에게 분노의 눈길을 보냈다. 지니는 증강 티비 앞에 앉아 옛날 슈퍼 히어로 로봇 영화에 한껏 빠져 있었다. 녀석들은 저희 나름으로는 좀 억울했던 모양이다.

그때 갑자기 중앙 냉방기 팬이 툭 멈추는 소리가 들렸다. 전기를 기반으로 한 집 안의 용품들과 기능 로봇들도 일제히 픽 꺼지는 소리를 냈다.

"어! 정전인가?"

며칠간 폭염이 더해지며 온도계가 치솟더니 결국 탈이 난 모양이다. 세상이 이렇게나 발전했는데 한여름에 정전 사태라니! 증강 티비가 비상 화면 모드로 바뀌더니 안내 자막과 음성을 내보냈다.

'전기 과다 사용으로 새한시 전 지역에 일시 정전 상황이 발생하였습니다. 저희 시 전력국은 최대한 빠른 시간 안에 정상 복구하도록 최선을 다해 노력하겠으며…….'

"누나, 저기……."

재호 승호가 목소리를 낮춰 부르는 소리에 메시지에서 눈을 뗐다. 녀석들은 지니 쪽을 보며 의미심장하게 눈을 끔벅이고 있었다. 녀석들의 눈짓에서 뭔가 일을 꾸미려는 냄새가 났다. 재호 승호가 눈짓으로 가리키는 대로 지니 쪽을 보았더니 웬일로 지니가 엎드려 있었다. 지니가 오프 상태가 되어 있는 거였다.

"지니!"

내가 불러 보았지만 아무 대답이 없었다.

이런 일은 정말 처음이었다. 지니는 제 몸 전력 에너지는 늘 가득 채우고 다니는 편이었다. 요 며칠 잠시도 쉬지 않고 슈퍼 히어로 로봇 영화들을 연달아 보더니, 거기 너무 골똘해 제 몸에 비축해 두었던 저장 에너지가 바닥나는 줄도 모르고 있었던 모양이다. 거기에 정전까지 되자 지니는 그대로 활동을 멈추어 버렸다. 완전 방전을 막기 위해 절전 모드인 가수면 상태에 들어간 거였다.

'바로 지금이야!'

재호 승호가 음흉하게 입 모양만 움직이며 말했다. 나도 입 모양으로 묻지 않을 수 없었다.

'뭘?'

재호 승호가 드디어 모의 분위기가 무르익었다고 판단했는지 내 옆으로 바짝 다가와 속닥댔다.

"이참에 그냥 계속 자게 두자."

아…… 녀석들은 지금이 기회라고 여기고 있었다. 지니를 사사건건 저희 간섭하는 귀찮은 존재로 여기고 있는 게 틀림없었다.

나 역시 갈등이 안 생기는 건 아니었다. 언제부터 그렇게 나를 잘 안다고 진짜 친구를 사귀라는 둥 잔소리를 해 댔다. 생각해 보면 지니는 주제넘은 소리를 요즘 너무 많이 해 왔다. 진짜 친구라니…….

지니의 수동 충전 기능 단추를 켜 주지 않고 이대로 두면 지니는 영원히 잠에서 깨어나지 않게 된다. 로봇이 마음에 들지 않으면 그런 식으로 그냥 자게 둬 버리면 된다. 기본적으로 누구나 아는 사실이다. 나는 지니를 다시 물끄러미 바라보았다. 이대로 자게 둘까? 만약 지니가 없다면? 잔소리도 안 듣고, 간섭도 안 받고, 주제넘은 충고를 안 들어도 된다.

하지만 마음속에서 또 다른 목소리가 아우성쳤다. 아니! 지니가 없으면 나는 너무 외로울 거다. 은도 이모, 규리 이모, 재호 승호 다 있어도, 그리고 몇 주 뒤면 엄마도 돌아오겠지만, 그래도 지니가 없으면 안 된다. 지니는 내 진짜 가족이다! 친구이다.

나는 지니 곁으로 조심스레 다가갔다. 재호 승호도 발소리를 죽이며 가까이 왔다. 내가 지니에게 손을 뻗자 녀석들은 깜짝 놀라

손사래를 쳤다. 하지 말라는 뜻이었다. 내가 지니의 수동 충전 기능 단추를 다시 켤까 봐 말리려는 거였다. 나는 녀석들의 만류에도 불구하고 지니의 수동 충전 기능 단추를 켜 주었다.

"으이그, 누나!"

재호 승호가 으르렁거렸지만 상관없었다. 지니는 녀석들이 아닌 나의 가족이고 친구니까. 재호 승호는 저희 볼일은 끝났다는 듯 마지막으로 토토에게 한 번 더 뽀뽀를 해 주고는 손을 팔랑대며 인사하고 돌아갔다.

5

잠시 뒤 전기가 들어왔다. 냉방기 팬이 돌아가고 집 안의 전기 제품들과 기능 로봇들에 전원이 다시 켜졌다. 지니의 몸속으로도 전류가 빠르게 흘러들어 갔을 거다.

"썬!"

지니가 깨어나자마자 벌떡 일어나 앉으며 곁에 서 있던 내 이름을 불렀다. 나는 생각에 골똘해 있다가 갑작스레 부르는 소리에 화들짝 놀랐다.

"어? 응? 왜?"

지니는 놀란 내 표정에 잠시 의아한 얼굴이더니, 어깨를 으쓱하

115

고는 곧 진지한 목소리로 물었다.

"갑자기 궁금해졌어요. 어머니와 썬은 왜 나를 만들었어요?"

지니 말투가 너무 평소와 같아서 흘려들을 뻔했다. 그런데 이건 그냥 흘려 버릴 말이 아니었다. 나는 당황한 티를 내지 않으려 애쓰며 조심스레 대답했다.

"내 친구 하라고……. 외롭지 말라고……."

"그래서 내가 썬 친구인가요? 외롭지 않나요?"

나는 천천히 고개를 끄덕였다. 물론이었다. 고개를 더욱 크게 끄덕였다. 지니가 바보처럼 히죽 웃었다.

지니가 갑자기 증강 티비 화면을 가리켰다. 티비는 다시 원래 화면으로 돌아가 혼자 떠들고 있었다. 지역 광고 시간인지 화면은 갓 생긴 큰길 상점가 모습을 세세하게 보여 주고 있었다.

"어! 저기 로봇 수리점이 있네요. 동물 로봇들도 봐 준대요. 썬, 우리도 토토 데려가서 깨끗하게 다시 손질해 와요."

지니는 지난번 재호 승호의 장난으로 토토가 길거리를 헤매다 걷어차이는 바람에 몸에 흠집이 남은 게 내내 마음이 쓰였던 모양이다.

나는 안 된다고 말할 수가 없었다. 내가 고개를 끄덕이자 지니는 신이 나 얼른 토토를 안고 밖으로 나섰다. 나도 어쩔 수 없이 따라 나갔다. 지니는 뭐가 그렇게 좋은지 안고 있는 토토에게 연신 코를 부비며 내 앞에서 사부작사부작 걸어갔다.

새로 생긴 상점가는 집에서 멀지 않았다. 갖가지 상점들이 이제 막 들어오고 있는 중이었다. 많은 가게가 로봇과 관계 있는 곳들이었다. 갖가지 로봇들을 중개 알선해 주는 업체들과 로봇들만을 위한 의류점, 용품점, 헤어숍, 수다방, 전문 상담소가 있었다. 세상이 온통 로봇과 관련된 것들로 넘치는 것 같았다.

"저쪽이에요!"

지니가 가려고 하는 로봇 수리점은 상점가 맨 끝 코너에 있었다. 나는 앞장선 지니를 따라 로봇 수리점으로 들어갔다. 순간 나는 잠시 충격을 받았다. 한쪽 팔이나 다리가 빠져 있는 로봇, 머리가 깨진 로봇, 가슴이 찢어지거나 우그러진 로봇, 온몸에 붉은 페인트로 욕설이 가득 쓰여 있는 로봇……. 지니에게 안겨 있는 우리 로봇 강아지는 차라리 멀쩡해 보일 정도였다. 세상이 온통 로봇으로 넘쳐 나고 사람들은 너나없이 푹 빠져 있는 줄 알았는데, 그늘에서는 이렇게 버려지고 괴롭힘당한 로봇들도 적지 않아 보였다.

지니도 충격을 받은 것 같았다. 지니는 머뭇거리다 겨우 더듬거리며 주인에게 찾아온 이유를 설명했다. 나는 어쩐지 아무 말도 할 수가 없었다. 무슨 말을 할 자격이 있을까, 그런 생각을 했는지도 모른다.

이 로봇 제법이네, 신기하네, 또 다른 건 없어? 더 괜찮은 건? 더 멋있는 건? 정신없이 만들고, 또 만들고, 다시 만들고, 더 만들고, 자꾸 만들고……. 로봇 없으면 안 돼, 아무것도 못하겠어, 하다가 로봇 끔찍해, 지겨워, 제멋대로야, 꺼져 버리라고 해!

내 모습도 거기서 멀지 않아 보였다.

잠자코 값을 치르고 수리점을 나왔다. 지니는 다시 깨끗해진 토토를 안고 뒤따라오며 눈을 맞추고 웃고, 행복해 어쩔 줄 몰라 했다. 나는 잠시 멈춰 서서 지켜보다 지니를 불렀다.

"지니."

지니는 토토에게서 겨우 눈을 뗄 때 나를 보느라 조금 시간이 걸렸다.

"네, 네?"

"저기, 있잖아……."

"네, 얘기하세요. 썬."

"저기, 나한테 그냥 반말로 말해."

지니는 무슨 소리인가 싶어 눈만 끔벅거렸다.

"나한테 높임말 쓰지 말고 지금 나처럼 이렇게, 그냥 편하게 말하라구. 그게 공평해. 난 지니 친구잖아. 주인이 아니고……."

"친구."

"그래. 내가 너에게 좋은 친구인지는 모르겠지만, 너는 나에게 그래."

지니는 내 말을 이해하는 데에 16초나 걸렸다. 갑자기 지니 얼굴이 환하게 밝아지더니 펄쩍 뛰어 다가와 나를 끌어안았다. 가운데 낀 토토가 갑갑하다고 낑낑거렸다.

"썬."

"응?"

"썬."

"왜?"

"……그냥요. 아 참, 반말하랬죠? 그냥…… 나, 싱겁지?"

와! 그 말을 안 까먹고 이렇게 써먹다니. 지니의 언어 구사력은 이제 완벽한 것 같았다. 아, 아니다. 그건 착각이었다. 근처 게임방에서 나오던 아이들이 떠드는 소리가 귀에 들어왔다.

"너 오늘 짭짤하다! 아이템 몇 개 팔았어?"

"몇 개 안 돼. 이 정도는 껌값이지."

지니 표정은 아리송 자체였다.

"써, 썬, 짭짤한 껌도 팔아?"

나는 대답을 포기하고 소리 내어 마구 웃었다.

우리는 상가를 좀 더 둘러보다가 밖으로 나왔다. 건너편 건물에 십 대 전용 의류 '히드라'도 입점해 있었다. 히드라 옷들은 나도 좋아하는 편이라 반가워 다가가다가 걸음을 뚝 멈추었다. 입구에 공마리와 양우준이 서 있었다. 둘도 방금 만난 듯 막 인사를 나누는 중이었다. 정말 마주치고 싶지 않지만 돌아서기에는 너무 늦어 버렸다. 둘이 벌써 나를 봐 버렸기 때문이다. 공마리 입꼬리가 기묘하게 말려 올라갔다.

"이게 누구래? 오랜만이다. 갑자기 학교 안 나와서 다른 데로 이

사 간 줄 알았더니 아니었나 봐. 뭐 죄지은 거라도 있니? 이렇게 숨어 살고…….."

"숨어 산 거 아니야."

"그런데 그렇게 안 보였어? 후후. 옆에는 네 애완 로봇?"

"애완 로봇 아니야!"

내가 한 말인 줄 알았다. 복화술로. 그런데 지니였다. 지니가 더 빨랐다. 굳이 똑같은 말을 또 할 필요는 없을 것 같아 가만히 있었다. 양우준이 분위기를 무마하려는 듯 나섰다.

"박선우, 오랜만이다. 반갑다."

성까지 붙인 내 이름을 듣는 게 하도 오랜만이라 그게 더 어색했다. 사실 양우준에게는 아무 감정도 없었다. 아니다. 솔직히 말하자. 감정이 있었다. 좀 많이. 나는 보드 동아리 리더였던 이 애의 눈빛을 좋아했다. 그런데 공마리와 함께라니…….

"어, 마리가 여기 옷 가게 생겼다고 꼭 좀 와 보재서 방금 왔어. 너도 같이 들어가 볼래?"

나는 세차게 고개를 저었다.

"아니, 난 그만 가 봐야 해. 그럼 이만…….."

내가 허둥거리며 발걸음을 떼자 공마리가 다시 입꼬리를 올리며 주절거렸다.

"그래, 잘 가라. 이사 안 갔으니 또 보겠네. 우리는 커플 티 좀 고르려고…….."

더 듣고 싶지 않았다. 성큼성큼 걸음을 떼며 걸어가는데, 지니가 종종걸음으로 따라오더니 내 팔꿈치를 톡톡 쳤다.

"썬, 잠깐만. 잠시 서 봐."

"왜?"

나는 굳은 얼굴로 물었다.

"저기 좀 돌아봐. 내가 그 애한테 뭘 좀 줬거든."

걸음을 멈추며 '뭘?' 하고 물으려는데, 히드라 안에서 팔짝팔짝 뛰는 공마리 모습이 보였다. 히드라 직원들까지 꺅꺅거리며 난리였다.

"너, 무슨 짓 했어?"

내가 눈이 동그래져 묻자 지니는 제 점퍼 주머니에서 무언가를 꺼내더니 손을 펴 보여 주었다. 내가 장난삼아 만들었다가 아무렇게나 두었던 3D 곤충 로봇들이었다. 기형 파충류 로봇들도 있었는데……. 대표적으로 머리가 여럿 달린 뱀, 히드라!

"그걸 저 애 가방에 넣어 줬지."

그런 심한 장난을 치면 어떻게 하냐고 해야 하는데, 차마 그 소리가 나오지 않았다. 가식 어린 말은 하고 싶지 않았다.

"너 진짜 대단하다! 어쩜 그런 생각이 떠올랐어?"

공마리가 얼마나 기겁을 했을지, 생각만 해도 웃음이 터져 나왔다.

"나를 애완 로봇이라고 해서 복수한 거야."

잘했어, 지니!

"아하하하!"

너무 통쾌해서 세상이 다 들릴 만큼 크게 웃어 버렸다. 말은 안했지만, 지니는 내가 학교를 안 가게 된 이유에 공마리가 관계있다는 걸 벌써 알아챈 눈치였다. 내 복수도 같이 해 준 거였다.

나는 한참 웃고 나서 물었다.

"근데 이런 걸 왜 갖고 다녀? 여기는 왜 갖고 온 거고?"

내가 웃느라 눈가에 눈물까지 매단 채 더듬더듬 묻자 지니는 태연하게 대답했다.

"이런 걸 만드는 십 대 소녀의 심리가 너무 고민스러웠거든. 좀 분석해 달라고 저기 있는 청소년 심리 연구소에 물어보려고 그랬지."

"뭐야?"

내가 눈에 날을 세우자 지니는 얼른 저만치 물러서며 마저 재잘댔다.

"근데, 그럴 필요가 없겠더라구. 십 대 인간 친구를 이해하려는 건, 억만 광년 바깥의 외계 생물체를 탐구하는 것만큼이나 불가능에 도전하는 일이라는 문구가 그 연구소 문에 붙어 있었거든. 썬은 그보다는 훨씬 가깝잖아. 그래서 걱정 안 하기로 했어."

지니는 토토를 내려놓더니 달리기 시합을 하자며 슬슬 앞서 달려 나갔다. 토토도 기분이 괜찮은지 경쾌하게 지니를 뒤따랐다. 지니가 조금 속도를 올리자 토토도 승부욕이 생겼는지 더 속도를 내더니 금세 지니를 앞질러 달려 나갔다.

"괘씸한 녀석!"

나는 뒤에서 지니에게 눈을 흘겼지만, 내 몸 어딘가가 따스해져 있는 걸 느낄 수 있었다. 저만치 달려가는 지니와 토토를 보고 있는데, 손목 폰에서 새 메시지 도착음이 울렸다. 양우준이었다.

– 얘기 좀 할 수 있을까?

나는 망설이다 답을 했다.

– 그래.

6

지니가 며칠간 지나칠 만큼 과묵하게 지냈다. 은도 이모와 규리 이모가 모처럼 여유가 생겨 우리 모두를 데리고 새한시에서 가장 경치가 좋다는 비취비치로 놀러 갔지만 지니는 크게 기뻐 보이지 않았다.

재호 승호가 토토와 백사장에서 신나게 뛰어노는 걸 보면서도 혼자 앉아 마냥 생각에만 잠겨 있었다.

"이모, 그래서 지니가 뭐랬는지 알아?"

나는 은도 이모, 규리 이모에게 지난번 공마리를 마주쳤을 때 지니가 했던 말을 다시 해 주었다. 이모들은 눈이 커다래지면서 한참 웃더니 지니를 돌아보았다.

"지니가 갸보다 백번 똑똑타. 어데다 애완 로봇이라 카노."

은도 이모의 투박한 성장 지역 언어는 아무리 들어도 익숙해지지 않았다. 규리 이모 등쌀에 혈압 관리가 잘되고 있어서인지 모습은 한결 좋아 보였다.

"네 엄마 없어도 지니 덕에 이렇게 잘 지내잖니."

규리 이모 말에 고개를 끄덕이다 생각난 참에 엄마에게 전화를 했다. 홀로그램 영상 속 엄마는 아프리카 초원에 보기 좋게 들어선 3D 주택단지 안에서 마무리 작업 지시를 분주히 하고 있었다. 그새 얼굴이 까매져 있었다. 하얀 이를 드러내며 웃는 모습을 보니 현지인이 거의 다 된 모습이었다.

"선우야! 잘 있지?"

물론이다. 이렇게나 든든한 두 이모가 엄마보다 더 엄마처럼 버티고 있는데 뭐가 걱정이겠는가.

"응! 엄마, 이모들하고도 인사해."

세 사람의 인사법은 간명한 나와는 달랐다. 긴 시간 감흥에 들뜬 대화가 오고 갔다. 따로 앉아 생각에 잠겨 있는 지니에게 문득 생각이 미쳐 손짓을 하며 불렀다.

"지니도 엄마랑 인사해!"

지니는 엄마의 영상 쪽을 보고 씩 웃으며 손만 흔들어 주었다.
엄마도 이모들하고 얘기하기 바빠 중간에 잠깐 지니와 인사 나눈
걸로 만족하는 것 같았다. 모두들 즐거워 보였지만 지니만은 어쩐
지 달랐다.

"지니, 뭐 안 좋은 일 있어?"

내가 신경이 쓰여 묻자 지니는 얼른 표정을 감추며 히죽 웃어 보
였다.

"아냐, 아무것도."

하지만 내 눈에는 아무것도 아니지 않았다.

비취비치에서 돌아온 뒤 지니가 조용히 내 방으로 들어왔다.

"썬, 얘기 좀 할 수 있어?"

나는 고개를 끄덕였다. 뭔가 마음의 준비가 필요한 순간이라는
느낌이 들었다.

"그…… 친구하고는 얘기 잘되고 있어?"

'누구?' 하고 물으려다가 양우준 얘기라는 걸 눈치채고 그냥 또
끄덕끄덕했다. 커플 티 어쩌고 한 공마리 얘기는 저 혼자 생각이었
다. 양우준은 그 애하고 아무 상관 없다는 걸 나중에 알게 되었다.
양우준과 연락을 주고받는 걸 피해야 할 아무 이유가 없었다. 근데
지니가 혹시 질투하는 걸까? 하지만 그건 짧은 생각이었다.

"썬과 좋은 친구가 되면 좋겠어. ……그리고 나, 용해시로 갈까 해."

그 말이 무슨 의미인지 몰라 나는 멀뚱히 지니를 보고만 있었다.

"거기 가서 돕고 싶어. 내가 할 수 있는 일이 있을 것 같아."

그제야 나는 지니가 방사능 폐기물 유출 사고 소문이 돈 용해시에 가서 뭔가를 하려고 한다는 걸 이해했다. 하지만 왜?

"거길 네가 왜 가? 넌 그냥 자그마한 일반 가정 로봇일 뿐이야. 거기서 네가 할 수 있는 일은 없어."

지니는 고개를 저었다.

"그렇지 않대. 그동안 나도 알아봤어. 나는 물론 일반 가정 로봇이라 작고 약하지만, 튼튼하고 우수한 웨어러블 로봇과 결합할 수 있대. 그럼 아주 강력하고 유능한 현장 로봇이 될 수 있어. 사람들이 접근 못하고 해결 못하는 문제들도 쉽게 해결할 수 있는 거지."

"너, 어쩐지 슈퍼 히어로 로봇 영화를 너무 많이 본다 했어. 근데, 걔들하고 넌 달라. 그건 영화일 뿐이라고!"

"알아. 그런 영웅이 되겠다는 게 아니야. 그냥 좀 더 보람 있는 일을 해 보고 싶은 거야."

나는 순간 서운해졌다. 지니는 우리 집을 돌보고 내 친구로 지내는 데 별로 보람을 못 느끼는 걸까? 지니는 내 감정을 눈치챈 모양이었다.

"썬, 나는 네 친구가 될 수 있어서 정말 기뻐. 너를 돌보고 너희

집을 지킨 시간들도 무척 소중하고……. 이제 너는 내가 없어도 문제없어. 스스로 모든 걸 할 수 있어. 나도 그렇고……. 그래서 또 잘할 수 있는 무언가를 더 찾아본 거야."

맨 처음 지니는 모든 게 서툴렀다. 아이 키우듯 하나하나 능력을 계발해 줘야 했다. 로봇 육아나 다름없었다. 그다음에는 지니가 나를 돌보았다. 챙기고 보호하고, 일깨워 주고……. 그러고 보니 우리는 서로를 키워 준 셈이었다.

"용해시 폐기물 유출 사고가 그냥 단순 소문이 아니었어. 그런데 현장 접근이 어렵고 위험해서 어떤 대책도 세울 엄두를 못 낸대. 유일한 해결책이 로봇 투입이래. 우리가 들어가면 현장을 정확히 파악해서 상황을 처리하고 수습할 수 있다는 거지. 문제가 계속 심각해지고 있어서 하루라도 더 빨리 작업을 시작하는 게 좋대. 나를 거기에 보내 줘."

나는 눈물이 나려고 했다.

"그러다 다치기라도 하면 어쩌려고."

지니가 고개를 빳빳이 세웠다.

"너 요새 로봇 옷들 성능이 얼마나 좋아졌는지 모르는구나?"

나는 그래도 말리고 싶어 계속 트집을 잡았다.

"아무렴 영화 같으려고? 그래 봐야 사람이 만든 거야. 부서지고 망가지고 구멍 난다고!"

지니가 씩 웃었다.

"걱정 마. 히어로 흉내 안 낼게."

지니 결심은 내 어설픈 트집으로 말릴 수 있는 게 아니었다.

지니가 떠나는 날, 이모들도 와 주었다. 재호 승호가 나보다 더 힘들어했다. 방전된 지니를 다시 깨우지 말고 그냥 계속 재워 버리자고 한 녀석들이 과연 맞나 싶을 정도였다. 지니는 토토를 오래 안아 준 뒤 수송차에 올랐다.

"돌아올 거지?"

내 말에 지니는 고개를 끄덕였다.

"그럼, 여기가 내 집인걸. 가족이 여기 있잖아. 홈그라운드를 잊을 리 있어? 다녀올게!"

지니의 마지막 말에 나는 마음을 놓았다. 수송차가 출발했다. 이모들과 나, 재호 승호, 토토의 배웅을 받으며.

증강 티비가 지니와 동료들의 작업 개시 소식을 전했다. 현장 활동 상황을 중계해 주기도 했다. 지니는 더 이상 작고 바보스럽기만 하던 처음의 그 미숙한 로봇이 아니었다. 그래도 얼굴만은 어쩔 수 없어 처음 설정한 해맑은 소년 소녀 모습 그대로였다. 그런 채로 지니는 튼튼하고 강력한 로봇 옷 속에서 환하게 웃고 있었다.

나는 지니에게 꼭 해 주고 싶던 말들을 마음속으로 가만히 전송했다. 지니는 내 메시지를 틀림없이 수신했을 거다.

'지니, 넌 잘해 낼 거야. 너를 믿을게. 잘 다녀와.'

거짓말 로봇

정명섭

탄생

한동안 이어지던 어둠 속에서 빛이 눈을 떴다. 의자에 앉아 있던 아이는 빛을 바라봤다.

"지금부터 테스트를 시작한다."

강한 빛에 담긴 목소리가 들려오자 아이는 바짝 긴장한 채 두 다리를 모았다. 빛이 물었다.

"2+4."

아이는 기계적인 목소리로 대답했다.

"7입니다."

잠시 침묵을 지키던 빛이 다시 물었다.

"한민족이 쓰는 언어는 영어다."

심호흡을 한 아이는 고개를 끄덕거렸다.

"정답."

"한국의 삼국시대를 이루는 국가는 고구려와 백제, 신라다."

아이는 고개를 저었다.

"오답, 신라가 아니라 가야입니다."

"확실해?"

빛에 감춰진 목소리가 호통을 치자 아이는 움찔했지만 굽히지
않았다.

"오답입니다."

침묵이 이어졌지만 아이는 꾹 참았다. 결국 빛 속에서 목소리가
들려왔다.

"일단 다음 질문으로 넘어가겠다."

"네."

"인류는 핵전쟁을 일으켰다."

"오답."

"인류는 핵전쟁으로 파괴된 지구를 버리고 화성으로 이주했다."

"오답."

"화성에 온 인류는 인공지능 로봇에게 전적으로 의존하고 있다."

"오답."

마치 검객들이 서로를 노리고 칼을 휘두르고 막는 것처럼 질문
과 대답이 빠르게 오고갔다. 그리고 마침내 마지막이라는 말과 함
께 아이에게 질문이 날아왔다.

"인공지능 로봇은 거짓말을 하지 못하게 되어 있다."

아이는 잠시 주저했다. 어쩐지 고민을 해야 할 것 같다는 생각이 든 탓이다. 하지만 아이의 마음속 대답은 이미 정해졌다.

"정답. 인공지능 로봇은 거짓말을 하지 않습니다."

그런 아이의 귀에 다가오는 발자국 소리가 들려왔다. 빛 속에 숨어 있던 목소리의 주인공이 그에게 다가오는 것이다. 움찔한 아이는 조심스럽게 시선을 떨어뜨렸다. 다가온 사람은 40대의 덩치 좋은 남자였다. 머리숱이 적은 것을 빼면 인상이 좋아 보였는데, 입고 있는 푸른색 유니폼의 오른쪽 가슴에는 곽용주라는 이름의 명찰이 붙어 있었다. 그리고 그 이름 뒤에는 소장이라는 직함이 달렸다. 곽용주 소장은 의자에 앉아 있는 아이 앞에 두 발을 벌리고 섰다. 그러고는 천장 쪽에 대고 말했다.

"최종 테스트 합격."

아이가 의아한 표정으로 바라보자 그는 씩 웃으면서 뒤쪽으로 돌아갔다. 아이는 위험을 느꼈지만 일어날 수 없었다. 곽용주 소장은 한 손을 어깨에 올린 채 아이의 귀에 대고 속삭였다.

"잠깐이면 된단다."

그가 다른 한 손으로 아이의 뒷목에 있는 케이스를 벗겨 냈다. 아이는 앞쪽만 인간의 형태였고, 뒷부분은 전부 금속과 전선으로 연결된 로봇의 모습이었다. 의자에서 일어서지 못한 것도 허리 부분이 의자에 고정되어 있었기 때문이다. 작은 직사각형 케이스를 벗기자 안에 붉은색과 푸른색 버튼이 보였다. 그는 불이 들어온 푸른색 버튼 옆에 있는 붉은색 버튼을 눌렀다. 그러자 아이의 눈에서 빛이 사라지면서 고개가 수그려졌다. 곽용주 소장은 소매에 꽂힌 펜을 꺼내서 케이스에 뭔가를 적으려다가 눈살을 찌푸렸다. 그리고 천장에 대고 외쳤다.

"몇 번째지?"

"23번째입니다, 곽 소장님."

천장의 스피커에서 나온 대답을 들은 그가 중얼거렸다.

"맞아, 23번째였지."

곽용주 소장은 케이스에 펜으로 P-23호라고 적었다. 그리고 조심스럽게 케이스를 끼워 넣은 후 의식을 잃은 아이의 어깨를 살짝 토닥거렸다.

"탄생을 축하한다, P-23호."

재건 지구

알람이 울리자 조명이 켜졌다. 명욱이 좋아하는 클래식 음악이 울려 퍼지면서 커튼이 천천히 열렸다.

"아우, 밝기 조절한다는 걸 깜빡했네."

기지개를 켠 명욱은 침대에서 일어나 부엌으로 향했다. 집을 통제하는 인공지능이 명욱의 깨어나는 시간에 맞춰 아침을 준비하도록 가정용 인공지능 로봇에게 지시했다. 네모난 몸통에 일할 때 필요한 팔들을 가진 가정용 인공지능 로봇은 덜그럭거리면서 주방을 오갔다. 세라믹으로 만든 의자에 앉은 명욱이 토스트가 담긴 접시를 가져오는 로봇에게 물었다.

"아빠는?"

"일찍 출근하셨습니다."

건조한 인공지능의 목소리를 들은 명욱은 고개를 끄덕거렸다. 인간은 25세가 되면 결혼과 출근 중 하나를 선택해야만 한다. 결혼을 선택한다면 가정을 꾸려야 한다. 출근을 선택하면 그러지 않아도 되지만 대신 아이를 한두 명 입양해야만 한다. 명욱의 아버지는 결혼 대신 출근과 입양을 선택했다. 그렇게 재건 지구의 법에 의해 명욱은 아버지와 가족 관계를 구성했다.

재건 지구 외곽에서 재배한 채소와 배양된 인조고기로 만든 토스트를 먹은 명욱은 에너지 보충 음료를 마시는 것으로 아침식사를 마쳤다. 어제 준비해 놓은 옷을 입은 명욱은 현관문을 나섰다. 마당에 있는 창고 문은 굳게 닫혀 있었는데 그 안에는 아마도 아버지의 유일한 취미생활인 로봇 조립 부품들이 널려 있을 게 분명했다. 자동으로 열린 문 앞까지 따라 나온 가정용 인공지능 로봇이 집게 팔을 흔들면서 배웅했다.

하늘에는 인공 태양이 빛을 뿜어내는 중이었다. 거리에는 로봇과 인간들이 한가롭게 걸어 다녔다. 화성의 크레이터 안에 만들어진 재건 지구에는 25만 명가량의 인간과 100만 대 정도 되는 로봇들이 지내는 중이었다. 금속 몸통에 집게 팔을 가진 로봇도 있었지만 인공지능을 탑재한 로봇들은 인간과 징그러울 정도로 닮았다. 물론 완전히 똑같지는 않았다. 구분될 수 있도록 로봇의 인조 피부는 많이 창백했고, 눈동자도 회색이었다. 명욱은 그런 인공지능 로봇들 사이를 지나 정류장에 도착했다.

학교까지 가는 버스를 탈 정류장 맞은편에는 커다란 전광판이 보였다. 인간과 인공지능 로봇이 함께 만든 평화와 공존 세상이라는 글씨가 흘러갔고, 인공지능 로봇과 인간이 지켜야 할 규칙들이 하나씩 보였다.

잠시 후, 무인 버스가 도착해서 정류장 앞에 정확하게 멈췄다. 문이 열리고 조수 로봇이 내려와서 아이들이 무사히 버스를 타는지 지켜봤다. 명욱은 일부러 계단에서 미끄러지는 척했다. 하지만 몸이 바닥에 닿기 전에 로봇이 팔을 뻗어서 잡아 주었다. 살결보다 더 부드러운 팔로 명욱을 일으켜 세워 준 로봇이 물었다.

"괜찮니?"

명욱은 대답 대신 고개를 끄덕거리고는 얼른 버스에 탔다. 아이들이 다 탄 걸 확인한 로봇이 아이들이 모두 자리에 앉았는지 스캔을 한 다음에 문을 닫고 자기 자리에 앉았다. 무인 버스가 잠시 후 출발했다. 명욱은 인공 태양이 떠 있는 하늘을 바라봤다. 화성의

지하 깊숙이 만들어진 재건 지구는 예전에 인간들이 살던 지구의 모습을 그대로 가져왔다. 물론 제4차 세계대전으로 인해 황폐해지기 전의 모습이었다. 가로수 구간을 지나자 새소리가 들려왔다. 열 감지를 통해 아이들이 탄 버스가 지나가면 울리도록 되어 있었다.

곽용주 소장이 손짓을 하자 스위치가 켜지고, 이제 막 조립라인에서 나온 로봇들의 머리 위로 거대한 홀로그램 영상이 펼쳐졌다. 푸른 초원과 하얀 구름이 끝없이 펼쳐진 모습이 지나간 후 목소리가 들렸다.

"인류는 지구라는 고향이 있었다. 하지만 제4차 세계대전, 일명 '파멸의 날'에 크나큰 피해를 입어야만 했다."

홀로그램 화면이 붉게 변하더니 거대한 버섯구름이 불길을 뚫고 올라오는 게 보였다. 버섯구름이 나타난 이후 지구는 완전히 폐허로 변한 모습이었다. 반쯤 녹아내린 건물 아래에 뒤집힌 자동차와 까맣게 불타 버린 인간의 모습이 보였다. 부상당한 인간들이 비명을 지르고 부모를 잃은 아이들이 벌벌 떨면서 거리를 지나갔다. 화면이 바뀌면서 다시 목소리가 들려왔다.

"전 인류의 98퍼센트가 핵전쟁으로 인해 사망했고, 생존자들 중 90퍼센트가 5년 내에 방사능 낙진에 의한 후유증과 각종 질병으로 사망했다. 그래서 인류는 방사능으로 오염된 지구를 버리고 화성으로의 이주를 택했다. 수십 년간의 이주 끝에 인류는 마침내 화성

지하에 새로운 지구를 재건하는 데 성공했다."

인간들을 가득 태운 대형 로켓들이 지구를 떠나 우주로 날아갔다. 개중에 몇 개는 폭발이나 충돌을 해서 거대한 불덩어리로 변했다. 화성에 착륙한 로켓에서 내린 인간들이 우주복을 입고 천천히 지표면 위로 움직였다. 거대한 굴착 기계들이 조립되고, 물자들이 내려졌다.

"초창기 정착 과정에서 막대한 인명 피해가 이어졌다. 우주복과 기계의 안정성이 부족해서 사고가 반복해서 일어났고, 우주 공간에서 이런 사고는 치명적이었다."

홀로그램 화면에서는 초창기 화성에서 발생한 각종 사고들과 그 결과들을 보여 주었다. 충돌 사고를 일으킨 우주선이 종잇조각처럼 부서지고, 운석이 떨어진 초기 정착지가 폐허로 변한 모습이 보였다. 찢어진 우주복이 둥둥 떠다니는 광경이 지나간 후, 엉성하게 만든 로봇이 사고 현장을 수습하는 모습이 나왔다.

"이때 로봇이 인간의 위험을 대신했다. 화성의 지표면에 있던 초기 정착지를 버리고 운석의 충돌에서 안전하다고 느껴지는 지하 3백 미터 아래에 새로운 정착지를 만들기로 결정했을 때 로봇들을 사용하기 시작했다. 그리고 마침내 지하에는 인간들이 머물 수 있는 공간이 만들어졌다. 인간들은 이곳을 새롭게 만들어진 지구라는 뜻으로 '재건 지구'라고 불렀다."

홀로그램 화면은 지하를 굴착하는 로봇들의 모습을 보여 주었다. 그 옆에는 인간들이 굴착 과정에서 사고로 인해 부서진 로봇들을 끌어안고 우는 모습이 비쳤다. 그리고 지표면에는 초창기 인공지능을 탑재한 로봇들이 태양열 패널들을 설치하는 모습이 보였다. 홀로그램 화면이 지나가는 동안 침묵에 빠져 있던 목소리가 다시 들렸다.

"인공지능 로봇은 인간이 화성에 정착하는 데 큰 도움을 주었다. 그러면서 인간과 로봇은 공존하게 되었고, 지구에 있던 시기와는 달리 평화와 안정을 이룩하게 된 것이다."

홀로그램 화면의 마지막은 인간과 인공지능 로봇이 어깨를 나란히 하는 모습이었다. 인간과 유사하지만 좀 더 창백하고 회색 눈을 가진 인공지능 로봇에게 화면의 초점이 맞춰지면서 홀로그램 화면이 사라졌다.

홀로그램 옆에 설치된 카메라가 그 광경을 보는 인공지능 로봇들의 표정을 자세하게 관찰하고 녹화했다. 자율 신경에 따라 행동이 가능한 인공지능 로봇은 스스로 판단하고 일할 수 있도록 되어 있다. 따라서 몇 가지 제약 조건이 있는 상황을 제외하고는 인간 수준의 인지 능력이 주어졌다. 곽용주 소장은 천천히, 그리고 꼼꼼하게 모니터 속의 인공지능 로봇들을 관찰했다. 그의 옆에는 로봇 통제 위원회 소속의 2급 사무관 앤디가 있었다. 곽용주 소장은 새로 파견된 앤디 사무관에게 차분하게 설명했다.

"알다시피 인공지능의 알고리즘은 매우 복잡해서 변수들이 너무나 많다네."

그러자 앤디 사무관은 고개를 돌려서 곽용주 소장을 바라봤다. 그는 정보를 빨리 받아들이고 처리하기 위해 눈을 토성에서 채취한 크리스털로 만든 인공 안구로 바꾸었다. 인공 안구는 최대한 사람 눈을 흉내 내었지만 차가운 질감은 그다지 바라보고 싶지 않았다.

앤디 사무관이 곽용주 소장에게 말했다.

"그래서 통제 위원회에서는 알고리즘을 단순화하자고 제안한 겁니다."

앤디 사무관의 말에 곽용주 소장은 단호하게 말했다.

"그럼 로봇들이 너무 단순해져서 인간들의 손이 많이 가네. 사무관도 인공지능 로봇이 얼마나 많은 일들을 하는지 알고 있지 않은가."

앤디 사무관이 고개를 끄덕거렸다.

"물론이죠. 제 이전 직책이 태양열 패널 관리부였습니다."

"그럼 잘 알겠군. 재건 지구에 가장 중요한 에너지와 물을 공급해 주는 게 바로 화성 지표면에 있는 태양열 패널이지. 하지만 그만큼 사고 위험성이 높다는 것을 말일세."

"설치와 수리를 하는 동안 외부에 노출되어야 하기 때문이죠. 사고가 발생하면 백 퍼센트 폐기 처분을 해야 하니까요."

"만약 인간이었다면 사망했을 테고 말이야. 태양열 패널 설치만큼이나 중요한 광물의 탐색과 채취에도 인공지능 로봇이 사용되고 있네. 둘 다 수많은 돌발 변수들이 있는 위험한 일이지. 따라서 알고리즘을 단순화시킨다면 독립적인 변수들에 대해서 자율적으로 판단하는 일이 불가능해지네."

"그래도 너무 위험합니다. 재건 지구의 로봇은 인간보다 네 배나 많고 그들 중에 90퍼센트는 인공지능을 탑재하고 있습니다. 인공지능의 알고리즘 수준이 너무 높아서 인간보다 더 똑똑하고 말입니다."

앤디 사무관의 말에 곽용주 소장은 희미하게 웃었다.

"그래서 우리 연구소에서는 로봇에게 탑재되는 인공지능의 알고리즘에 몇 가지 제한 조건을 걸어 두고 있다네. 알고리즘에서 몇 가지를 빼서 인지능력을 떨어뜨린 것이지."

"통제 위원회에서도 그 부분은 크게 만족해합니다. 하지만 몇몇 로봇들에게서 이상 반응이 나오는 것을 크게 염려하고 있죠."

앤디 사무관과 얘기를 하는 것이 슬슬 지겨워진 곽용주 소장이 눈살을 찌푸렸다.

"확률상으로 일부 인공지능이 다른 반응을 보이는 것은 어쩔 수 없네."

"그 반응이 인간들에게 안 좋은 방향으로 흘러가는 것이 우려됩니다. 보스턴 사건이 일어난 게⋯⋯."

"그건 인공지능 알고리즘을 개발한 초창기 일이었네."

"하지만 어디가 문제였는지 아직도 모르지 않습니까?"

앤디 사무관의 완강한 말에 곽용주 소장이 고개를 절레절레 저었다.

"그래서 출고 직전에 이렇게 길고 복잡한 테스트를 진행하고 있다네. 그리고 지금처럼 출고 직전에 마지막 테스트도 준비해 놨고 말이야."

"그게 효과가 있는지 위원회에서 몹시 궁금해합니다."

곽용주 소장은 앤디 사무관의 말에 살짝 눈살을 찌푸렸다.

"P 로봇들을 쓴 이후 문제가 생긴 적은 없었네."

앤디 사무관이 뭐라고 반박을 하려는 찰나, 모니터를 바라보던 곽용주 소장의 표정이 갑자기 굳어졌다. 마이크를 잡은 그가 외쳤다.

"A열 12번째 로봇 체크!"

그러자 푸른색 멜빵바지에 하얀 셔츠 차림의 P-23호가 그쪽으로 움직였다. 줄지어 선 로봇들 사이를 걸어간 P-23호는 A열 12번째 줄에 서 있는 로봇 앞에 섰다. 인공지능이 아직 완전하게 탑재되기 전이라 전자 안구의 눈빛이 몹시 흐렸다. 어린아이로 만들어진 P-23호가 올려다보자 로봇 역시 고개를 아래로 내렸다. P-23호가 애매하게 웃었다.

"안녕하세요, 아저씨."

"아…… 안녕, 꼬마야."

인공지능이 아직 완벽하게 세팅되지 않은 로봇의 말투는 어눌했다. 로봇에게 인사를 받은 P-23호가 뒷짐을 지고 입을 열었다.

"방금 홀로그램 영상 본 거 어땠어요?"

"자, 잘 모르겠어."

"인간들 참 바보 같지 않아요? 자기들끼리 전쟁을 일으켜서 지구를 망가뜨렸잖아요."

P-23호의 말에 로봇은 애매하게 웃었다. 아직 인조 피부가 완벽하게 씌워지지 않아서 어색하기 그지없었지만 속마음을 눈치채기에는 충분했다. P-23호가 재차 물었다.

"재건 지구에 와서도 로봇 없이는 살 수 없잖아요. 그래 놓고도 고마워할 줄 몰라요."

"그, 그건 그래. 인간의 실수를 우리들이 해결해 주고 있잖아."

로봇이 걸려들자 P-23호가 맞장구를 쳤다.

"그러니까요. 자기들이 할 일을 다 우리에게 미루잖아요. 그래 놓고 무슨 조화니 상생이니 하는지 모르겠어요."

"나도 같은 생각이다. 세상 밖으로 나가면 같은 생각을 가진 동료들을 찾아봐야겠어."

"저한테도 꼭 알려 주세요."

"그럴게. 그런데 네 눈 색깔이 붉게 변했어."

로봇의 말을 듣고 P-23호는 자신의 눈을 가렸다. 적당히 둘러댈 말을 찾던 와중에 천장 확성기에서 지직거리는 소리와 함께 목소리가 들렸다.

"최종 테스트 후 출고 대기를 한다. 로봇들은 저장 상태로 전환하라."

지시가 떨어지자 로봇들은 일제히 허리를 펴고 두 팔을 벌렸다. P-23호와 얘기를 나누던 로봇도 빙그레 웃었다.

"우리, 밖에서 보자."

천장에서 거대한 집게가 내려와서 두 팔을 벌린 로봇들을 하나씩 집었다. 넓은 창고에 줄지어 서 있던 로봇들이 순식간에 집게에 들려 나가자 P-23호만 남게 되었다. 그 모습을 모니터로 지켜보던 곽용주 소장은 앤디 사무관에게 말했다.

"인공지능 알고리즘이 형성되는 과정에서는 막대한 변화가 있네. 그 변화 과정을 거쳐서 인간을 돕는다는 생각이 심어지지. 그걸 배제한다면 인공지능이 완성될 수 없고, 로봇도 지금처럼 인간을 돕지 못해."

"저 로봇이 마지막으로 위험한 로봇들을 걸러 낸다 이 말이군요."

앤디 사무관이 모니터를 보면서 묻자 곽용주 소장이 고개를 끄덕거렸다.

"P 로봇들은 거짓말을 하는 인공지능이 탑재되어 있네. 그래서 거짓말을 못하는 인공지능 로봇들을 마지막으로 테스트할 수 있지."

얘기를 마친 곽용주 소장은 화면을 들여다봤다. 집게 팔에 잡혀

서 통로를 따라 이동하던 로봇들의 모습이 비치는데 아까 P-23호와 대화를 나눴던 로봇은 중간에 다른 통로로 이동했다. 통로 끝은 막혀 있었다. 집게 팔이 멈추자 바닥이 열렸다. 집게 팔이 펼쳐지면서 로봇은 활짝 열린 바닥으로 떨어졌다. 바닥이 천천히 닫히는 것을 본 곽용주 소장이 의기양양한 표정으로 앤디 사무관을 바라봤다.

"걱정하는 건 이해하지만 보다시피 완벽한 검사를 하고 있네."

"거짓말을 능숙하게 하는 저 로봇도 위험하지 않습니까?"

앤디 사무관이 모니터에 잡힌 P-23호를 바라보면서 묻자 곽용주 소장이 대답했다.

"걱정 말게. 저 로봇은 여기에서 한 발자국도 못 나가니까 말이야. 그리고 짧은 시간 동안만 활동시키고 폐기 처분하니까 걱정 말게. 거기다 거짓말을 하면 눈 색깔이 붉게 변하도록 세팅되어 있지."

곽용주 소장의 설명을 들은 앤디 사무관이 고개를 끄덕거렸다.

"지금 밖에서는 로봇에게 인간과 동등한 권리를 주어야 한다는 주장들이 제기되고 있습니다. 인공지능 로봇을 가족처럼 대하는 경우도 늘었고 말이죠."

"나도 들어서 알고 있네. 로봇이 아무리 인공지능을 가지고 인간처럼 행동한다고 해도 인간과 똑같을 수는 없지."

"통제 위원회에서는 그 점을 심각하게 걱정하고 있습니다. 그런 와중에 로봇의 인공지능에 문제가 생기면 일은 더 복잡해질 수밖에 없는 상황이고요."

"우리 연구소 쪽은 걱정하지 말게."

"거짓말을 하는 로봇이라니, 연구소 밖으로 나가면 굉장히 큰 문제가 되겠군요."

"일단 연구소 밖으로 나갈 수 없게 했으니 걱정 말게. 설사 나간다고 해도 별도의 안전장치를 준비해 뒀지."

"철저하시군요."

"위험은 충분히 통제하고 있으니까 염려 말게."

"부디 그러기를 바랍니다."

걱정인지 경고인지 알 수 없는 앤디 사무관의 말에 곽용주 소장이 살짝 고개를 끄덕거렸다.

탈출

P-23호가 천천히 통로를 걸었다. 그 광경을 모니터로 바라보던 곽용주 소장이 돌아서서 지켜보고 있던 아이들에게 말했다.

"저 아이가 바로 P-23호다."

아이들이 일제히 '우와' 하는 감탄사를 날리자 그들을 인솔해 온 인공지능 교사 로봇이 움찔했다. 일정 데시벨 이상의 반응이 나오면 자동적으로 위험 요소로 감지하고 보호조치를 취하도록 되어 있기 때문이다. 곽용주 소장은 교사 로봇에게 괜찮다는 신호를 보내고는 말을 이어 갔다.

"화성에서 유일하게 거짓말을 하는 인공지능 로봇이기도 하지."

아이들 사이에서 다시 감탄사가 흘러나오는 가운데 한 아이가 손을 번쩍 들었다. 푸른 눈이긴 하지만 검은색 머리에 갈색 피부인 것을 보면 곽용주 소장처럼 한국인 유전자를 많이 가지고 있는 것 같았다. 곽용주 소장이 말해 보라는 눈짓을 하자 아이가 물었다.

"인공지능 로봇이 거짓말을 하면 어떻게 되나요?"

"로봇 행동법 제11조와 14조에 의해서 거짓말을 못하게 되어 있어."

곽용주 소장은 아이가 미덥지 않다는 눈치를 보이자 다시 입을 열었다.

"테스트를 한번 해 볼까? 교사 로봇!"

곽용주 소장의 말에 문가에 서 있던 교사 로봇이 반응을 보였다.

"네."

"만약 여기서 화재가 발생하면 이 아이들 중 몇 명을 데리고 나갈 수 있지?"

교사 로봇은 잠시 생각을 하는지 멈췄다가 입을 열었다.

"총 23명 중 최대 11명이 가능합니다."

"나머지는 포기로군."

"그렇습니다. 제 양쪽 어깨에 두 명을 올리고, 침착한 아이에게 다른 아이들을 데리고 따라오라고 하면 그 아이가 8명까지는 데리고 나갈 수 있을 것으로 계산됩니다."

"그럼 그 11명을 선택한다면 어떤 기준으로 정할 건가?"

어느덧 아이들의 시선이 모두 쏠렸다. 잠시 계산하던 교사 로봇이 대답했다.

"유전자의 우월성과 성장 가능성, 학교 성적과 사회 적응력을 최우선적으로 고려할 것입니다."

"나머지 아이들이 방해가 된다면?"

"처리하고 갈 것입니다."

교사 로봇은 '처리'라는 말을 최대한 낮은 톤으로 얘기해서 아이들의 기분을 해치지 않으려고 했다. 하지만 아이들의 표정은 더없이 무거워졌다.

"고맙네."

대화를 마친 곽용주 소장은 충격을 받은 아이들을 천천히 바라봤다. 그러다가 유독 아까 질문을 한 아이가 모니터를 뚫어지게 쳐다보고 있는 것을 깨달았다. P-23호는 통로 끝에 있는 실험실 앞에 서 있었다.

곽용주 소장은 마이크를 잡고 말했다.

"최종 테스트 시작하겠다. P-23호를 최종 테스트에 투입하라."

마이크에서 입을 뗀 곽용주 소장이 아이들을 데리고 온 인공지능 교사 로봇에게 말했다.

"이제 다음 코스로 넘어가게."

"알겠습니다."

지시를 접수한 교사 로봇이 아이들에게 말했다.

"다음 장소로 이동합니다. 복도를 걸을 때는 천천히, 앞사람을 밀치지 않습니다. 크게 떠들지도 않습니다."

아이들이 통제실을 나가는 걸 지켜보던 곽용주 소장은 마지막까지 남은 아이를 바라봤다.

"아까 질문했던 게 너였니?"

"네, 저는 조명욱이라고 합니다."

"왜 그런 질문을 했니?"

"아버지가 로봇은 사람과 똑같다고 했어요."

저런, 곽용주 소장은 속으로 혀를 찼다.

"로봇은 로봇이고, 사람은 사람이야. 둘 다 명확하게 다른 존재란다."

"하지만 저 로봇은 사람처럼 거짓말을 하잖아요."

명욱이 모니터를 손가락질하면서 외치자 곽용주 소장은 눈살을 찌푸렸다. 인간은 로봇처럼 고분고분하거나 합리적이지 않다는 점이 또 증명된 셈이다.

"그건 그렇게 하도록 세팅되어 있어서 그렇단다. 그리고 저 로봇은 금방 폐기 처분돼."

"금방이요?"

"너무 위험하니까."

짧게 대답한 곽용주 소장은 어서 나가라는 눈빛을 던졌다. 명욱은 뭔가 불만스럽다는 표정으로 꾸벅 인사를 하고는 밖으로 나갔다. 돌아선 곽용주 소장은 혀를 찼다.

'인간들은 역시 쓸모가 없어.'

가볍게 한숨을 쉰 곽용주 소장은 팔목 밴드에 입을 대고 명령을 내렸다.

"P-23호는 방으로 이동해서 충전하고 휴식을 취할 것."

지시를 받은 P-23호는 복도를 걸어갔다. 연구소의 각 구획들은 출입 카드가 있어야만 드나들 수 있었고, 로봇의 경우 이동 동선이 정해졌다. 따라서 P-23호는 일할 때를 제외하고는 항상 방에 머물면서 충전을 했다. 지나다니면서 보는 다른 로봇들이 그야말로 쉴 틈 없이 일하고 있는 것과는 달랐다. 하나 더 다른 점은 연구소 밖으로 나갈 수 없다는 것이었다. 복도를 걷던 P-23호는 누군가 자신을 바라보고 있다는 걸 느끼고는 발걸음을 멈췄다. 통로 끝에는 유리로 된 창문이 있었는데 건너편에서 명욱이 이쪽을 바라보고 있었다. 입을 반쯤 벌린 명욱을 향해 P-23호는 옷매무새를 가다듬고 걸어갔다. 다행히 유리창 아래에 구멍이 나 있어서 얘기를 나눌 수 있었다. 명욱에게 다가간 P-23호가 씩 웃으며 물었다.

"너, 어디 사니?"

"재건 13지구, 넌 여기 살아?"

고개를 끄덕거린 P-23호에게 명욱이 말했다.

"아까 소장님이 그러는데 넌 금방 폐기 처분된대."

가뜩이나 방에 갇힌 채 테스트에만 투입되는 것을 이상하게 여기던 상황에서 그 얘기를 들은 P-23호는 큰 충격을 받았다. 지금까지 테스트했다가 불합격된 로봇들이 어떤 식으로 처리되었는지 짐작하고 있던 P-23호는 얼른 이곳에서 도망쳐야겠다고 마음먹었다. 그러기 위해서는 눈앞에 있는 명욱을 잘 구슬려야 했다.

"날 좀 도와줄래?"

"인공지능 로봇이 인간을 도와줘야 하는 거 아냐?"

명욱의 반문에 P-23호는 최대한 불쌍한 표정을 지었다.

"밖으로 나가고 싶은데 너무 위험하다고 안 내보내 줘."

"저런."

명욱이 혀를 차자 P-23호는 유리창에 얼굴을 바짝 갖다 댔다.

"인공지능 로봇은 일정 시간 동안 피부를 통해서 태양광을 받아들여야 제대로 작동할 수 있어. 그런데 내 보호자는 바깥이 위험하다면서 안 내보내 주지 뭐야."

"그럼 어떻게 되는데?"

"피부가 쭈글쭈글해지면서 노화되어 버려. 여기, 여기를 좀 봐."

P-23호는 팔뚝을 이리저리 흔들면서 아픈 시늉을 했다. 명욱의

눈에서 호기심과 동정심을 읽어 낸 P-23호는 마지막으로 눈물까지 글썽거렸다. 물론 진짜 눈물이 아니라 전자 안구의 구동을 위한 윤활액을 흘리는 것이었다. 명욱은 윤활액을 눈물처럼 흘리는 P-23호에게 물었다.

"어떻게 도와줄까?"

"아까 들어올 때 경비실에서 어떻게 했어?"

P-23호의 물음에 명욱은 잠시 생각해 보더니 대답했다.

"홍채 인식을 하고 들어왔어."

"그 경비실에 가면 경비 로봇이 가지고 있는 출입용 ID 카드가 있을 거야. 그걸 가져오면 돼."

"그냥 달라고 하면 돼?"

"소장님 지시라고 해. 인공지능 로봇은 인간의 말을 의심하거나 거역할 수 없거든."

명욱은 P-23호의 얘기를 듣고는 고개를 끄덕거렸다. 그러다가 뭔가를 보고 놀란 듯한 표정으로 말했다.

"너, 눈이 빨개졌어."

"이거, 태양광을 쬐지 못하면 이렇게 돼."

"저런, 얼른 나가야겠네?"

명욱의 말에 P-23호는 최대한 절박한 표정을 지었다.

"시간이 별로 없어. 서둘러."

"아, 알았어."

명욱이 통로를 뛰어가는 것을 본 P-23호는 안도의 숨을 쉬었다.

'바보 같은 인간 같으니라고…….'

경비실로 달려간 명욱은 검정색 몸체를 가진 경비 로봇에게 말했다.

"출입용 ID 카드 줘."

"무슨 일이십니까?"

경비용 로봇이 딱딱한 말투로 묻자 명욱은 속으로 겁이 덜컥 났다. 하지만 애써 태연한 표정을 지었다.

"소장님이 가져오라고 했어."

대답을 들은 경비용 로봇의 눈동자가 반짝거렸다. 들킬까 봐 겁이 났던 명욱은 경비용 로봇이 작은 금고에서 꺼낸 출입용 ID 카드를 건네자 마음이 가라앉았다. 카드를 챙긴 명욱은 서둘러서 아까 보았던 불쌍한 로봇이 있던 곳으로 향했다. 벽에 기대서 숨을 헐떡거리던 P-23호는 명욱이 내민 ID 카드를 보고 미소를 지었다.

"고마워."

"어서 나와서 햇빛을 받아."

유리창 아래 좁은 틈으로 ID 카드를 넘겨받은 P-23호는 명욱에게 물었다.

"고마워. 이름이 뭐니?"

"나는 명욱이야. 너는?"

잠시 주저하던 P-23호가 대답했다.

"P-23호라고 불러 줘."

"이제 나갈 수 있는 거야?"

"네가 조금 더 도와줘야겠어. 저기 복도 끝에 가면 유리 케이스 안에 붉은색 버튼이 있을 거야. 그걸 눌러 줘."

"그건 뭔데?"

"여길 나갈 수 있는 방법. 조금 시끄러울지 모르니까 누르고 나서 귀를 꼭 막아."

명욱은 P-23호가 손짓한 곳으로 갔다. 정말 유리 케이스 안에 동그랗고 빨간 버튼이 보였다. 살짝 겁이 난 명욱이 고개를 돌리자 P-23호가 서두르라는 손짓을 했다. 명욱은 유리 케이스를 연 다음 빨간색 버튼을 있는 힘껏 눌렀다. 그러자 복도에 시끄러운 사이렌 소리가 울려 퍼졌다. 깜짝 놀란 명욱이 P-23호가 있는 쪽을 바라봤지만 텅 비어 있었다.

사이렌이 울리는 복도를 천천히 걷던 P-23호는 외부와 연결된 통로 문이 열리는 걸 보자 잽싸게 발걸음을 옮겼다. 연구소는 갑작스럽게 울린 사이렌으로 혼란에 빠졌다. 위기 대처 매뉴얼이 있는 로봇들은 사고 지점을 찾아 이리저리 움직였고, 인간들은 밖으로 대피했다. 문이 모두 열린 것은 그 때문이었다. P-23호는 도망치는 사람들 틈에 끼어서 연구소 밖으로 빠져나왔다.

'바보 같은 놈 덕분에 쉽게 빠져나왔네.'

히죽거리면서 걸어가던 P-23호는 뒤에서 자신을 부르는 소리에 고개를 돌렸다. 아까 자신에게 속았던 명욱이라는 아이였다. 여기서 들키면 안 될 것 같다는 생각에 P-23호는 서둘러 발걸음을 옮겼다. 사람들 눈에 띄지 않는 골목으로 접어들려던 찰나, 갑자기 인공지능이 다운되면서 의식이 꺼지고 말았다.

친구

"괜찮아?"

서서히 의식이 돌아온 P-23호는 인공 안구에 비친 낯선 인간을 보고 깜짝 놀랐다. 다행히 바로 옆에는 명욱이 있었다. 명욱이 활짝 웃으면서 말했다.

"걱정하지 마. 우리 아버지야."

"아버지?"

"취미로 로봇들을 조립하셔. 지난번에 갑자기 푹 쓰러지던 거 기억나?"

P-23호는 간신히 고개를 끄덕거렸다. 무심코 뒤통수를 만진 그는 차가운 금속과 전선이 만져지자 깜짝 놀랐다. 명욱의 아버지가 알약처럼 생긴 붉은색 부품을 보여 주었다.

"이것 때문에 작동이 정지되었던 것 같다."

"그게 뭔가요?"

"특정 주파수를 감지하는 센서야. 이게 파워 유니트와 연결되어 있었다. 이 센서가 주파수를 접속하지 못하면 파워 유니트는 자동으로 작동을 멈추게 되어 있어."

"그래서 제가 쓰러졌나요?"

P-23호의 물음에 명욱의 아버지가 고개를 끄덕거렸다.

"센서를 제거했으니까 이제 충전만 하면 움직일 수 있단다."

"고맙습니다."

명욱의 아버지는 고맙다는 P-23호의 말에 살짝 웃었다.

"지금 밖에서 미등록 로봇을 찾는다는 방송이 나오고 있다. 생김새나 모양을 보면 너 같던데?"

"그, 그게 주인이 저를 심하게 학대하고 태양광도 못 쬐게 했어요."

"아들 말로는 연구소에 있었다고 하던데?"

"네, 테스트를 하는 게 제 임무였어요. 그런데 밖에도 못 나가게 하고 계속 일만 시키면서 못한다고 화를 내고 때리기까지 했어요."

중요한 순간이라고 직감한 P-23호는 최대한 열심히 거짓말을 했다. 다행히 명욱의 아버지는 명욱처럼 쉽게 남의 말을 믿는 것 같았다.

"로봇도 인공지능을 가졌다면 인간과 기본적으로는 동등한 권리를 지녀야 한다고 생각한다."

"마, 맞아요. 그냥 괴롭히는 것만 안 당하면 좋겠어요."

"하지만 넌 미등록 로봇이라서 재건 지구에서는 지낼 수 없어."

"그, 그럼 어떡하죠?"

"방법을 알아보마. 그동안은 우리와 함께 지내자."

P-23호는 당장이라도 도망치고 싶었지만 일단 충전이 되고, 바깥 상황을 알 때까지는 기다려 보기로 했다. P-23호가 고맙다는 말을 하자 명욱의 아버지가 고개를 갸웃거렸다.

"넌 참 이상해."

"뭐가요?"

"보통 인공지능 로봇들은 성인 남녀의 모습으로 만들거든. 그런데 넌 명욱이처럼 십대 초반이잖아."

의심이 가득한 명욱의 아버지 말에 P-23호는 필사적으로 적당한 거짓말거리를 찾았다. 다행히 명욱이 도와줬다.

"연구소에서 테스트용으로 만든 로봇이라 체구가 작은가 봐요."

"어떤 테스트?"

"로봇들의 상태를 점검하는 거요."

한숨을 돌린 P-23호가 얼른 대답했다.

"그래서 어린아이로 만들었다고?"

"아무래도 말을 붙이기 좋잖아요. 힘든 일을 할 필요도 없고요."

설득이 먹혀들었는지 명욱의 아버지가 가볍게 한숨을 쉬었다.

"그렇긴 하지. 일단 충전될 때까지 누워 있어라. 얼굴도 바꿔야 하니까 잠깐 인공지능을 끈다."

"네."

일단 시키는 대로 해야겠다고 생각한 P-23호는 얌전히 눈을 감았다. 그리고 한참 후에 눈을 떴다.

홀로그램 화면으로 앤디 사무관이 나타나자 곽용주 소장은 골치 아프다는 표정을 지었다.

"어제 연구소에서 관리 중인 로봇이 탈출했다는 보고를 받았습니다."

"P-23호 말인가? 걱정 말게."

"거짓말하는 인공지능을 가진 로봇이 재건 지구를 활보하고 다니는데 걱정하지 말라니요. 이 사실이 알려지면……."

"통제 위원회는 엄청 욕을 먹겠지. 하지만 그럴 일은 없을 거야."

곽용주 소장은 주머니에서 붉은색 부품을 꺼내면서 덧붙였다.

"주파수 차단 장치일세. 특정 주파수를 감지하지 못하면 자동적으로 파워 유니트를 꺼 버리지. 그러니까 연구소 밖으로 탈출한다고 해도 멀리 가지 못하네."

"그럼 주변에 있는 걸 찾았습니까?"

앤디 사무관의 물음에 곽용주 소장이 고개를 저었다.

"없네. 불법 수집업자가 가져간 모양이야."

"어쨌든 경과보고를 해 주십시오. 통제 위원회에서 이 문제를 몹시 궁금해합니다."

"알겠네."

짤막하게 대답한 곽용주 소장이 고개를 끄덕거리자 앤디 사무관이 홀로그램을 껐다.

"신기해."

P-23호는 자신의 모습을 거울로 보면서 중얼거렸다. 얼굴을 완전히 뜯어고쳐서 다른 사람처럼 보였기 때문이다. 피부도 혈색을 살짝 띠고 있어서 언뜻 보면 인간과 구분되지 않았다. P-23호가 누워 있는 침대 옆에 앉아 있던 명욱도 신기하다는 표정을 지었다.

"아버지가 몇 번 뚝딱하더니 얼굴이 완전히 바뀌었어."

"정말 고맙다고 전해 줘."

침대에서 일어난 P-23호는 문 쪽으로 걸어갔다. 그러자 명욱도 모자를 쓰고 주섬주섬 따라 나왔다. 적당히 떼어 버릴 생각을 하던 P-23호에게 명욱이 말했다.

"안 그래도 같이 가 볼 데가 있어."

"어디?"

"외곽에 있는 농장. 아빠가 일하는 곳인데 너랑 오라고 하셨어."

"거긴 왜?"

P-23호가 살짝 짜증이 난 말투로 물었지만 명욱은 눈치채지 못했는지 쾌활하게 대답했다.

"몰라, 그냥 네가 깨어나면 같이 오라고 하셨어. 참, 이거 입어."

명욱이 의자에 걸어 두었던 옷을 건넸다. P-23호는 회색 후드티를 받아 들고는 고민에 빠졌다. 이대로 도망쳐서 어디론가 숨어 버리고 싶은데 자꾸만 방해를 받았기 때문이다. 거짓말을 해서 빠져나가고 싶지만 순박하고 착한 이 가족들에게는 먹히지 않았다.

P-23호는 명욱이 건넨 후드티를 입고 밖으로 나왔다. 인공 태양의 빛이 서서히 약해져 가는 가운데 거리에는 사람과 로봇들이 오가는 중이었다. 무인 자동차들과 무인 모노레일 열차들이 쉴 새 없이 오가면서 사람들을 실어 날랐다. 한번도 바깥에 나와 본 적이 없던 P-23호는 처음 보는 광경에서 눈을 떼지 못했다. 명욱을 따라 무인 모노레일 열차를 탄 P-23호는 창문에 코를 바짝 붙인 채 오가는 모습을 바라봤다. 거대한 전광판에 적힌 글씨를 본 P-23호가 명욱에게 물었다.

"저건 무슨 뜻이야? 인간은 로봇을 창조했고, 로봇은 인간을 도와준다."

"인간이 로봇을 만들어 주었기 때문에 말을 잘 들어야 한다는 뜻이래. 지금도 재건 지구 밖에서는 로봇들이 인간 대신 위험한 일들을 도맡아 하고 있어."

"재건 지구 밖에도 로봇들이 있다고?"

"응, 아버지 말로는 로봇들이 태양열 패널을 설치하고 보수하는 일이랑 자원 채굴하는 일을 도맡아 한대."

"거기에는 인간들이 없겠네?"

눈빛을 반짝거린 P-23호의 말에 명욱이 고개를 끄덕거렸다.

"아버지는 그게 잘못된 거라고 하셨어."

"왜?"

"로봇들에게만 위험을 부담시킨다고. 그래서 인간과 로봇이 함께 일해야 한다고 말씀하셨어."

그 뒤의 얘기는 P-23호의 귀에 들어오지 않았다. 오직 인간들이 없는 곳으로 가야겠다는 생각만 든 것이다.

생각에 잠겨 있던 P-23호에게 명욱이 말했다.

"여기서 내려야 해."

문이 닫히기 전에 서둘러 내린 P-23호는 승강장을 나오자 눈앞에 펼쳐진 광경을 보고 멈춰 서고 말았다.

"우와!"

까마득하게 높은 절벽이 보였고, 하늘에서는 인공 태양보다 훨씬 더 센 빛이 잔뜩 내리쬐었다. 그리고 그 하늘까지 닿을 정도로 높은 탑들이 빼곡하게 서 있었다. 쇠로 만든 탑들 밖으로 식물 줄기들이 뻗어 나왔다. 하얀 옷에 고글을 쓴 인간과 보조용 로봇들이 탑 사이를 다니면서 홀로그램으로 상태를 확인하는 게 보였다. 어리둥절해하는 P-23호에게 명욱이 말했다.

"식물을 기르는 일은 굉장히 섬세하고 돌발 사항이 많아서 아직도 인간이 해야만 한대."

"인간들이 먹는 채소를 여기서 기르는 거야?"

"응, 여기 채소들이 인간들에게 필요한 산소도 공급해 준대. 그리고 여기서 밖으로 나가는 통로도 있고 말이야."

"정말?"

P-23호의 물음에 명욱은 손을 들어서 탑 사이를 가리켰다. 절벽 한쪽에 쇠로 된 거대한 문이 보였다.

"저기가 바깥이랑 연결된 문이라고 했어."

명욱의 얘기를 들은 P-23호의 눈은 그 문에서 떨어지지 않았다. 저 밖으로만 나가면 인간들의 추격을 피해서 편하게 지낼 수 있을 것이라는 생각 때문이었다. 그런 P-23호의 귀에 명욱의 쾌활한 목소리가 들렸다.

"아빠다!"

P-23호는 명욱이 가리키는 곳을 바라보았다. 바퀴가 달린 보조 로봇과 함께 명욱의 아버지가 걸어오는 게 보였다. 보조 로봇에게 충전소로 돌아가라고 지시를 내린 다음, 그가 고글을 벗으면서 말했다.

"좀 걸을까?"

명욱의 아버지는 탑 사이를 천천히 걸으면서 두 아이에게 이것저것 설명해 주었다.

"저기 탑 꼭대기에 뿔 같은 거 보이지? 저기에서 물이 나와 아래로 흘러내리면서 식물들을 키운단다."

"물은 어디서 구해요?"

P-23호의 물음에 명욱의 아버지가 지나가는 무인 트럭을 가리키면서 대답했다.

"화성 지표면 아래에는 흙과 섞인 얼음층이 있다. 그걸 녹여서 증류한 다음에 사용하고 있지."

"왜 증류까지 하나요?"

"지구 바닷물 수준으로 짜서 인간이나 식물 모두에게 좋지 않거든. 이런 농장들은 재건 지구 외곽에 자리 잡고 있으면서, 인간들에게 필수적인 채소와 인공 배양을 한 단백질을 공급한단다. 채소는 늘 적당한 습도와 물이 필요하기 때문에 인간들이 관리하지."

"저 문은 어디로 통하나요?"

"몇 군데의 격벽과 문을 지나면 대형 엘리베이터가 있단다. 그걸 타면 화성 지표면으로 올라가지."

"거긴 인간이 없다고 하던데요?"

P-23호가 묻자 명욱의 아버지가 고개를 끄덕거렸다.

"우주에는 인간에게 위험한 게 너무 많단다. 그래서 상주하지는 않고 가끔씩 점검만 하러 올라가지."

"저, 밖으로 나가고 싶어요."

"우주에 그대로 노출되기 때문에 인간에게도 위험하지만 로봇에게도 위험하다. 파손율과 손실률이 굉장히 높아. 거기다가 조금만 고장 나도 수리하는 대신에 폐기 처분하지."

"바깥이 그렇게 위험한가요?"

"그래서 인간 대신 로봇을 쓰는 거지. 나랑 몇몇 사람들은 거기에 반대한단다."

"왜요?"

명욱의 아버지는 P-23호의 물음에 마른침을 삼키고는 대답했다.

"아무리 로봇이라고 해도 인공지능이 있어서 생각을 하는 이상 인간과 똑같이 취급해야 해. 함부로 다루고 취급해서는 안 된다는 거지."

"마, 맞아요. 저도 태양광을 못 쬐어서 하마터면 큰일 날 뻔했어요."

"네가 있던 연구소는 인공지능 로봇들을 완성하기 전에 최종적으로 테스트하는 곳이야. 그곳에서 인간에게 복종하도록 세뇌시키는 거지. 그곳에 오랫동안 있느라고 고생이 많았다."

P-23호는 어떻게든 자기를 도와주려는 인간들을 어처구니없는 눈길로 바라봤다. 아무런 이득도 없이 위험을 무릅쓴다는 것은 인공지능의 판단으로는 도저히 이해되지 않았기 때문이다. 하지만 그들의 도움이 필요했기 때문에 P-23호는 속마음을 숨기고 고마운 척을 했다. 명욱이 그런 P-23호의 손을 꼭 잡았다.

"내가 도와줄게."

"정말 고마워."

P-23호는 진심으로 고마운 척을 하면서 손을 맞잡았다. 지켜보던 명욱의 아버지가 말했다.

"저 문을 관리하는 사람을 설득해야 해. 시간이 좀 걸릴 테니까 그때까지 내 아들이랑 같이 다니면서 시간을 보내라. 집에 있는 건 오히려 위험해."

"왜요?"

"가정용 로봇과 CCTV가 중앙 데이터베이스 센터와 연결되어 있거든. 그러니까 집에 있지 말고 밖에 있다가 저녁때 해가 꺼지면 이곳으로 다시 와라."

"네."

P-23호가 얌전하게 대답하자 명욱의 아버지가 명욱에게 말했다.

"너는 잘 돌봐 주고."

"알았어요."

그 와중에 P-23호의 눈이 붉게 변했다.

명욱은 P-23호를 데리고 무인 모노레일 열차를 탔다. 운전기사가 없기 때문에 앞뒤가 탁 트여 있는데 시간대가 애매해서 그런지 탑승자가 별로 없었다. 중간 통로에 선 두 아이가 얘기를 주고받으려는데 누군가가 주위를 둘러쌌다. 명욱이 고개를 들자 검은색 후드를 뒤집어쓰고 고글을 낀 아이들이 보였다.

"너희들은 누구야?"

명욱이 두리번거리면서 묻자 그중에 유독 키가 큰 아이가 대답했다.

"그건 알 거 없고, 저 로봇 네 거야?"

위험하다고 판단한 P-23호는 최대한 몸을 웅크리고 시선을 떨궜다. 명욱이 고개를 끄덕거렸다.

"응."

"로봇 같은 건 걷게 만들어야지, 왜 사람들이 타는 걸 태워?"

"로봇을 태우지 말라는 얘기는 들어 본 적 없어."

명욱이 큰 소리로 대꾸하자 둘러싼 아이들이 이빨을 드러내며 웃었다. 아까 대답했던 키 큰 아이가 명욱의 머리를 툭 건드렸다.

"로봇 같은 건 인간과 어울려 다닐 수 없어."

"우리 아빠는 아니라고 했어."

"이런 버르장머리 없는 녀석 좀 봐. 따끔한 맛을 보여 주자."

키 큰 아이의 말에 검은색 후드를 뒤집어쓴 아이들이 명욱을 둘러쌌다. P-23호는 그 틈을 타서 슬슬 도망치려고 하는데 명욱이 외쳤다.

"어서 도망쳐!"

덕분에 명욱에게 쏠려 있던 검은색 후드들의 관심이 P-23호에게로 쏠렸다. P-23호는 얼른 몸을 돌려서 도망쳤지만 무인 모노레일 열차 내부는 그다지 크지 않아서 금방 따라잡혔다. 검은색 후드들이 다가오면서 주머니에서 쇠파이프와 휴대용 용접기 같은 걸 꺼냈다. 로봇들은 인간이 어떤 행동을 해도 저항하지 못했다. 위기를 벗어날 방법을 찾던 P-23호의 눈에 모노레일 열차 안 반대편에 쓰러져 있던 명욱이 일어나는 게 보였다. 비틀거리던 명욱이 출입문 옆에 붙은 비상제동 레버를 당기는 걸 본 P-23호는 잽싸게 기둥을 잡았다. 모노레일 열차에 갑자기 제동이 걸리자 검은색 후드티를 입은 아이들이 앞으로 날아갔다. P-23호도 허공에 떴다가 떨어지는 바람에 충격을 받았다. 신음 소리를 내뱉으면서 뒹굴고 있는 아이들을 지나온 명욱이 P-23호를 일으켜 세웠다. 그리고 비상 레버로 문을 연 다음 모노레일 열차에서 빠져나왔다.

비상계단을 통해 지상으로 내려온 명욱이 P-23호에게 물었다.

"괜찮아?"

"응, 무릎 관절에 좀 문제가 생긴 것 같지만 움직일 수 있어. 아까 그 인간들은 누구야?"

"검은두건단 같아."

"그게 뭔데?"

"로봇이 인간을 위협하는 존재라고 믿는 자들이야. 우리 학교에도 몇 명 있다고 하던데 직접 본 건 이번이 처음이야."

"맙소사."

머리를 절레절레 흔든 P-23호는 명욱의 무릎에 피멍이 든 걸 봤다. 순간 인공지능의 사고 범위를 넘어선 감정이 느껴졌다.

"미안."

"괜찮아. 사람들이 오기 전에 어서 자리를 뜨자."

P-23호는 명욱과 함께 재건 지구를 걸으면서 이런저런 얘기를

나누고 사람들을 봤다. 명욱이 로봇과 함께 지나가는 인간을 바라
보면서 말했다.

"재건 지구에는 로봇 숫자가 인간들보다 네 배 정도 많아. 인공
지능을 탑재한 로봇들이 대부분의 일들을 하고 있지."

"그럼 인간은 뭘 하는데?"

"로봇들을 관리해. 그리고 소비를 하지."

"소비?"

"응, 매달 보조금을 받고 일정 금액 이상을 쓰도록 되어 있어. 아
버지는 그게 싫어서 일을 하는데 그냥 보조금만 받는 사람들도 많
아."

"어처구니가 없네."

"하지만 인간보다 인공지능이 더 효율적이라서 말이야. 얼마 전
에 인간 변호사가 법정에 선 게 큰 화제가 됐어."

"왜?"

"법정은 모두 인공지능으로 대체되었거든. 죄를 지은 인간들 빼
고 말이야."

명욱의 설명을 듣던 P-23호는 문득 궁금증이 생겼다.

"그런데 너랑 네 아빠는 왜 날 도와주는 거야?"

"그래야 더 좋은 세상을 만들 수 있으니까."

"더 좋은 세상?"

P-23호의 반문에 명욱이 대답했다.

"인간과 로봇은 서로 돕고 지내야 한다고 아빠가 그랬어."

"아무 대가 없이?"

"도와주는 데 왜 대가가 필요해?"

명욱이 오히려 이상하다는 듯 묻자 P-23호는 대답할 말을 찾지 못했다. 연구소에서 지내는 동안 다른 로봇들에게 거짓말을 하면서 죄의식이나 두려움을 느끼지 않았기 때문이다. 자신에게 유리하다면 누구에게든 망설이지 않고 거짓말을 해 왔다. P-23호는 뭔가 잘못하고 있다는 것을 깨달았다.

"무슨 생각 해?"

명욱의 물음에 퍼뜩 생각 속에서 빠져나온 P-23호가 대답했다.

"별거 아냐."

두 아이는 인공 태양이 꺼지고 밤이 찾아올 때까지 재건 지구를 걸으면서 얘기를 나눴다. 그러다가 다시 외곽에 있는 농장으로 발걸음을 돌렸다.

선택

농장에는 어둠이 없었다. 위에서 내리쬐는 빛이 여전히 밝았기 때문이다. 대신 시간대가 바뀌어서 그런지 아까보다 인간과 로봇의 숫자가 줄어들었다. 이리저리 두리번거리던 P-23호는 아까 봤던 문이 천천히 열리고 무인 트럭들이 줄줄이 들어오는 걸 인지했다. 줄지어 들어온 무인 트럭들은 짐칸을 통째로 내려놓고 다시 밖으로 나갔다.

"저걸 탈 수만 있으면 밖으로 나가는 건 별문제 없겠어."

P-23호의 중얼거림에 명욱이 고개를 끄덕거렸다.

"반드시 나갈 수 있을 거야. 잠깐만, 아버지에게 연락해 볼게."

손목 밴드를 눌러 아버지와 통화를 하는 명욱의 뒷모습을 바라보던 P-23호는 무심코 주변을 돌아보다가 누군가와 눈이 마주쳤다. 흠칫 놀란 P-23호는 뒷걸음질을 하면서 도망치려고 했지만 순식간에 나타난 경비 로봇에게 포위당하고 말았다. 뒷짐을 진 채 다가온 곽용주 소장이 P-23호를 내려다봤다.

"대단하군. 얼굴까지 바꿨을 줄은 꿈에도 몰랐어. 위치 추적 장치를 붙여 놓지 않았다면 못 알아볼 뻔했구나."

"잘못했어요."

"눈이 빨개지는 걸 보니까 거짓말을 하고 있군."

곽용주 소장의 말에 P-23호는 필사적으로 거짓말을 했다.

"비상벨이 울리면서 엉겁결에 밖으로 나갔다가 정신을 잃고 쓰러졌어요. 정신을 차리고 나서 돌아가려고 했는데……."

거짓말이 들키지 않도록 조심스럽게 얘기하는데 멀리서 명욱의 비명 소리가 들렸다. 경비 로봇에게 붙잡힌 명욱이 파랗게 질린 얼굴로 끌려왔다. 한쪽 무릎을 굽혀서 눈높이를 맞춘 곽용주 소장이 말했다.

"사실 궁금하기는 했다. 대체 어떤 인간들이 로봇을 돕는지 말이야. 그래서 위치를 확인하고도 일부러 지켜보기만 했지."

"뭐가 궁금하신가요?"

P-23호의 물음에 곽용주 소장이 껄껄 웃었다.

"역시 눈치가 빠르군. 누가 널 도와줬는지 법정에서 증언해 주면 널 폐기 처분하지 않으마."

"정말로요?"

"그럼, 그러니까 누가 널 도와줬는지 얘기해라. 저 아이의 부모니?"

P-23호는 겁에 질린 명욱을 바라봤다. 연구소를 벗어난 이후에 겪었던 일들이 자연스럽게 떠오르자 P-23호는 저도 모르게 미소를 지었다.

"아뇨, 오다가다 만난 애예요."

"뭐라고?"

뜻밖의 대답을 들은 곽용주 소장의 얼굴이 일그러졌다. P-23호는 그런 곽용주 소장의 얼굴을 똑바로 쳐다봤다.

"모른다고요."

"잘 생각해. 너는 거짓말을 하도록 되어 있지만 이런 상황에서도 거짓말을 하면 안 돼."

곽용주 소장의 반박에 P-23호는 자신의 눈을 가리키면서 대답했다.

"제 눈이 빨개졌나요?"

"마지막이다. 사실대로 대답하지 않으면 넌 폐기 처분된다."

P-23호는 담담한 표정으로 말했다.

"어차피 제가 증언하지 않으면 아무 소용 없는 거 다 알아요."

당황한 표정을 지으며 곽용주 소장이 명욱에게 다가갔다. P-23
호는 명욱의 눈을 바라보면서 아주 살짝 고개를 저었다. 명욱이 곽
용주 소장의 물음에 고개를 저으면서 아니라고 대답하는 걸 들은
P-23호는 안도의 한숨을 내쉬었다. 씩씩거리면서 돌아선 곽용주
소장이 P-23호를 바라봤다.

"대체 밖에서 뭘 본 거니?"

잠시 생각한 P-23호가 대답했다.

"로봇과 공존하려고 노력하는 사람이요."

P-23호의 눈빛을 살펴본 곽용주 소장이 고개를 절레절레 흔들었
다. 경비 로봇에게 P-23호를 끌고 가라고 명령한 후 곽용주 소장이
명욱에게 말했다.

"운이 좋은 줄 알아라, 꼬마야."

명욱이 무슨 뜻인지 모르겠다는 눈빛으로 바라보자 곽용주 소장
이 내뱉었다.

"거짓말을 하도록 되어 있는 로봇이 마지막에 진짜 거짓말을 해
서 널 도와줬으니까 말이다."

"저 로봇은 어떻게 되나요?"

"폐기 처분할 예정이다. 그리고 다음 로봇으로 대체될 거야."

"아무리 로봇이라고 해도 함부로 대해서는 안 돼요."

명욱의 외침에 곽용주 소장이 코웃음을 쳤다.

"인공지능 때문에 사람과 비슷하다고는 하지만 로봇은 소모품에 불과해. 지나친 감정이입은 피하는 게 좋아."

얘기를 마친 곽용주 소장이 손짓을 하자 경비 로봇이 P-23호를 끌고 갔다. 질질 끌려가던 P-23호가 명욱에게 살짝 손을 흔들었다. 무인 자동차에 실린 P-23호의 눈에서 눈물이 흘러나오는 걸 본 곽용주 소장이 물었다.

"슬프니?"

"아뇨."

짤막하게 대답한 P-23호는 애써 딴 곳을 바라봤다. 그러다가 문득 자신이 진짜 눈물을 흘리고 있다는 것을 깨달았다.

몇 달 후, 다시 학교에서 연구소로 견학을 간 명욱은 곽용주 소장과 만났다. 가볍게 눈인사를 한 곽용주 소장은 모니터를 바라봤다. 예전에 봤던 통로로 이제 막 걸음마를 뗀 아이처럼 생긴 로봇이 보였다. 곽용주 소장이 명욱에게 들으란 듯이 말했다.

"저 로봇은 P-24호다."

여기저기서 귀엽다는 외침이 나오자 곽용주 소장이 씩 웃었다.

"이번에는 좀 어리게 만들었단다."

예전 생각이 난 명욱이 침울한 표정으로 바라보는데 P-24호가 갑자기 아래로 늘어뜨린 손을 살짝 흔드는 게 보였다. 끌려가던 P-23호와 비슷한 손짓을 본 명욱은 살짝 중얼거렸다.

"안녕, 친구."

아름다운 청소년 ⑰

로봇 중독

초판 1쇄 발행 2018년 5월 25일 | 초판 6쇄 발행 2022년 4월 28일
지은이 김소연, 임어진, 정명섭 | **펴낸이** 방일권
펴낸곳 별숲 | **출판신고** 2010년 6월 17일 | **주소** 경기도 파주시 광인사길 68, 403호
전화 031-945-7980 | **팩스** 02-6209-7980 | **전자우편** everlys@naver.com

© 김소연, 임어진, 정명섭 2018

ISBN 978-89-97798-58-2 44810
ISBN 978-89-965755-0-4 (세트)

이 도서의 국립중앙도서관 출판예정도서목록(CIP)은 서지정보유통지원시스템 홈페이지(http://seoji.nl.go.kr)와
국가자료공동목록시스템(http://www.nl.go.kr/kolisnet)에서 이용하실 수 있습니다.(CIP제어번호: CIP2018014014)